AF140399

Thunfisch ohne Kopf und Gräten

Abenteuer Gast

von
Susanne El Malki und
Christian Berrenberg

Bibliografische Information der Deutschen National-bibliothek:
Die Deutsche Nationalbibliothek verzeichnet diese Publikation in der Deutschen Nationalbibliografie; detaillierte bibliografische Daten sind im Internet über http://dnb.dnb.de abrufbar.

TWENTYSIX – Der Self-Publishing-Verlag
Eine Kooperation zwischen der Verlagsgruppe Random House und BoD – Books on Demand

Herstellung und Verlag:
BoD – Books on Demand, Norderstedt

ISBN: 978-3-740-70662-3

Coverbild: Silke Schulze-Beckinghausen

Vorwort

Servicewüste ist ein gängiger Begriff, der schon bei kleinsten Verfehlungen des Servicepersonals laut gerufen wird. Ob zu Recht oder nicht überlassen wir der Statistik. Das Phänomen „Gästewüste" hingegen ist relativ neu, nimmt von Jahr zu Jahr zu und lässt so manches Servicepersonal verzweifeln. Aber der Kunde ist nun mal König und so benimmt er sich auch.

Dieses Buch sollte kein Knigge werden, der die selbsternannten Könige maßregelt, sondern vom täglichen Wahnsinn erzählen, dem Kellnerinnen und Kellner oft hilflos gegenüberstehen.

Zusammengefasst wird ein Abend in einem Restaurant beschrieben, in dem ein Kellner obskure, unangenehme aber auch grotesk komische Situationen mit unterschiedlichen stereotypen Gästen durchlebt. Die ersten Gäste des Abends Herr Office, Herr Business und Herr Deskjet stürmen zu Beginn des Abends ins Restaurant „als wäre es eine VIP-Lounge am Flughafen". Die freundliche Frage des Kellners, ob es denn schon etwas zu trinken sein dürfe, beantworten die Herren mit der Bestellung einer Steckdose. Ihre Laptops bräuchten schließlich dringend Strom. Weitere Gäste folgen Schlag auf Schlag.

Alle Personen in diesem Buch sind frei erfunden. Die geschilderten Handlungen und die Charaktere der Gäste beruhen auf wahren Begebenheiten und sind beabsichtigt und nicht zufällig.

Franks Plan

Frank saß mit gerunzelter Stirn über seiner Buchhaltung. Die Zahlen und Buchstaben verschwammen vor seinen Augen. Jetzt fingen die Zahlen auch noch an zu kreisen und zu tanzen. Da konnte wohl auch ein Augenarzt nicht helfen. Zum Test erhob Frank seinen Blick und schaute aus dem Schaufenster auf die Straße. Die Menschen liefen ganz ordentlich am Fenster vorbei. Keiner kreiste, keiner tanzte. Aber sie liefen eben vorbei, keiner öffnete die Tür und wollte Wein kaufen. Sein Laden lief einfach mies. Wie war er bloß auf die blöde Idee gekommen, einen Weinladen zu eröffnen? Als Kellner hatte er prima verdient. Er senkte wieder seinen Blick auf das Papier. Die tanzenden Zahlen hatten wieder an ihre Stelle zurück gefunden und zeigten die bittere Wahrheit. Er war pleite. Er starrte wieder auf die Fensterscheibe und versuchte zu denken. Sein Hirn schien blutleer, der ganze Körper schien blutleer. Er hing im Stuhl wie eine Marionette, die vom Puppenspieler achtlos weggelegt worden war.

Mühsam hob er den Arm auf den Schreibtisch, wühlte sich durch den Haufen Papiere, um eine unbezahlte Rechnung zu finden, die er einfordern konnte. Die Letzte von Britta war auch schon auf seinem überzogenen Konto eingegangen. Deprimiert legte er das Blatt wieder auf den Stapel. Mit verschleiertem Blick betrachtete er die Rechnung. Langsam und allmählich formte sich ein Gedanke in seinem blutleeren Gehirn.

Vielleicht brauchte Britta einen Kellner.

Brittas neues Restaurant war schon nach kurzer Zeit total in. Frank war im höchsten Maße neidisch. Verständnislos schüttelte er seine gepflegte Haarpracht. Umwerfender Charme alleine machte keinen Geschäftsmann. Obwohl sie klasse aussah, fand Frank Britta zickig. Während ihrer gemeinsamen Zeit als Kellner in einem noblen Restaurant war sie seinem Charme nie erlegen. Folglich konnte sie nur lesbisch sein.

Ein Mann ein Wort! Sein Plan war gefasst. Als Vorwand wollte er ihr wieder neuen Wein anbieten und die Lage ausloten. Ja, genau – so wollte er es machen.

...packen wir's an!

Fröhlich pfeifend war Britta damit beschäftigt, einzudecken. Wie mit Zauberhand glitten die Tischdecken über die blanken Holztische, dazu ordentlich polierte Gläser und Besteck. Zufrieden begutachtete sie jeden fertigen Tisch, nickte und widmete sich dem nächsten. Britta war zufrieden. Fast alle Tische waren reserviert. Jens, ihr angestellter Koch, hatte wunderbare Speisen auf der Karte und Florian, der Aushilfskellner, würde ihr heute auch zur Hand gehen. Alles war perfekt.

Vor einigen Minuten hatte sich der Sommerhimmel dunkel zugezogen. Britta unterbrach ihre Arbeit kurz, um dem Gewitter zuzuschauen. Es regnete wie aus Eimern, ein paar Zweige wirbelten durch die Luft. Die Eingangstür des Restaurants wurde durch einen

Windstoß kurz aufgedrückt und schlug krachend wieder ins Schloss.

„Ich muss unbedingt das Schloss wechseln." Singend ging sie zum Tresen, um sich einen Zettel zu schreiben. Vergesslich wie Britta war, hatte sie sich ein perfekt funktionierendes Zettelsystem geschaffen.

Sie sang fröhlich mit einer erfundenen Melodie weiter und kehrte zu ihrer Arbeit zurück. Wieder krachte die Tür zu.

Sie drehte sich erschrocken um und fuhr zurück, denn direkt vor ihr stand ein völlig durchnässter Frank mit einem Weinkarton unter dem rechten Arm. An der linken Hand baumelte eine hellbraune Aktentasche. Er schüttelte seinen Kopf, so dass seine halblangen gelockten Haare hin und her flogen und feinste Wassertröpfchen versprühten. Wie durch ein Wunder waren die Gläser, Tischdecken und Bestecke auf den umstehenden Tischen von dem Sprühregen verschont geblieben. Wasser rann an Franks Regenmantel herunter und bildete unter ihm eine beachtliche Pfütze.

Klatsch – die vom Regen durchweichte Pappe des Kartons widerstand nicht mehr der Schwerkraft einer Weinflasche. Sie zerschellte in der Pfütze auf dem Boden und spritzte ihren kostbaren Inhalt in alle Richtungen. Frank schaute schockiert auf den Boden. An seinen khakifarbenen Hosen lief der Wein hinunter, vermischte sich mit Regenwasser und hinterließ mehrere breite tiefrote Streifen bis zum Hosensaum.

Im Schlag der Hose sammelte sich der Wein und formte kleine Beutelchen. Das Gemisch aus Rotwein und Wasser dümpelte sanft um seine rot eingefärbten Wildlederschuhe.

„Jetzt haben wir Schorle." Britta lachte, nichts konnte ihre gute Laune trüben. Langsam ließ sich Frank von Brittas Lachen mitreißen. Sein Lachen gefror, als er bemerkte, dass die nächste Flasche aus dem Karton zu rutschen drohte. Mit Mühe und Not konnte er sie gerade noch daran hindern. Um den feuchten Karton in die Waagerechte balancieren zu können, ließ er seine Aktentasche reflexartig fallen. Diese landete mitten in der Pfütze und löste einen Mini-Tsunami aus. „Gerettet!" stöhnte Frank auf. Gerettet war zwar der Wein, aber auf Kosten der Ledertasche. Die roten Wellen des Tsunami brachen sich an ihr. Langsam färbte sie sich bordeauxrot.

Vorsichtig und liebevoll darauf bedacht, dass wenigstens seinen verbliebenen Schätzchen nichts mehr passieren konnte, trat er auf Zehenspitzen aus der Lache und legte den sich auflösenden Karton auf den Boden. Behutsam nahm er die vorwitzig halb heraus gerutschte Flasche und stellte sie liebevoll daneben.

Britta reichte Frank ein Handtuch. „Jetzt trockne Dich doch erst mal ab. Ich kümmere mich schon um den Scherbenhaufen. Die heilen Flaschen stell' ich hier auf den Tisch."

„Ich habe Dir mal neue Weine zum Ausprobieren mitgebracht." Frank betrachtete wehmütig die Weinpfütze, während er sich erst die Haare und dann das Gesicht trocken rubbelte.

Das Telefon klingelte.

Eine ältere Dame bestellte für den gleichen Abend einen Tisch für vier Personen. Zufrieden trug Britta die Reservierung ins Buch ein.

„So, das war mein vorletzter freier Tisch." Britta drehte sich um, sprach aber ins Leere. Noch mit dem Handtuch um den Kopf gewickelt war Frank zum Auto gelaufen um sich eine saubere Hose und Schuhe zu holen. Er schützte die neuen Klamotten vor dem Regen mit einer Plastiktüte, die er über die ordentlich gefaltete Hose hielt.

„Du hast immer Ersatzklamotten im Auto?" Britta war perplex.

„Ja, was glaubst du denn was so alles passieren kann, wenn ich den ganzen Tag unterwegs bin. Ich habe immer alles dabei, Schuhe, Hose, Hemd und Jacke."

In diesem Moment rollte der abgebrochene Flaschenhals, wie von Geisterhand geführt, bis zum nächsten Tischbein und hinterließ eine blutrote Spur. Beide betrachteten trauernd die Weinpfütze.

Reger Verkehr heute, trotz des Gewitters, dachte Britta, als schon wieder die Tür geöffnet wurde. Ein mit dunklem Anzug makellos gekleideter Mann betrat das Restaurant. Insgesamt etwas zu kurz geraten hielt er den Knirps hoch gestreckt in der Hand. Wahrscheinlich ging er nur bei Regen vor die Tür, um mit Schirm größer zu erscheinen. Widerwillig klappte der Mann seine seelische Krücke zusammen. Die Suche nach einem Regenständer schien ihm zu umständlich also legte er den nassen Schirm auf eine noch zusammengefaltete saubere Tischdecke.

„Ich hätte gerne einen Tisch für heute Abend, für zwei Personen!" verlangte der kurze Mann. Seiner Gewohnheit gemäß, suchte er sich persönlich den Platz aus, an dem er den Abend verbringen wollte. Den hatte er dann sicher. Überraschungen waren ihm ein Graus. Der Mann stand mit aufgepumpter Brust neben seinem Wunschtisch und deutete mit seinem Finger darauf. So steif wie er dort stand, war er auch gekleidet, akkurat vom Scheitel bis zur Sohle. Er wippte auf seinen glänzend polierten Schuhen vor und zurück. „Ich möchte diesen Tisch haben", äußerte er nun nachdrücklich seinen Wunsch und legte Besitz ergreifend seinen Autoschlüssel darauf. Geblendet von dem silbern glänzenden Ferrari-Anhänger übersah er sowohl das ‚Reserviert-Schildchen', als auch die Tatsache, dass es sich um einen Tisch für vier Personen handelte.

„Dieser Tisch ist leider schon vergeben", widersprach Britta. Wie man doch sieht! Hätte sie nur zu gerne hinzugefügt.

Der kurze Mann langte patzig nach seinem Autoschlüssel, schritt suchend das Lokal ab und steuerte zielstrebig auf den zweiten Tisch seiner Begierde zu.

Er drehte sich zu Britta um: „Diesen Tisch, diesen Tisch will ich haben", rief er ihr zu und lief mit ausgestrecktem Zeigefinger weiter, ohne nach vorne zu gucken.

„Vorsicht, Vorsicht passen Sie auuuuf..." Zu spät. Das Knirschen unter den Sohlen von dem Kurzen unterbrach bereits Brittas Warnruf.

„Oh, was ist denn das für eine Sauerei?" Er schüttelte angewidert sein Bein. Der teure Wein gemischt mit dem Regenwasser tropfte von seinen glänzend polierten Schuhen. Als er den Fuß anhob, um seine Schuhe genauer in Augenschein nehmen zu können, sah er Glassplitter wie kleine grüne Smaragde in seiner Schuhsohle glitzern. Es knirschte leise als er den Fuß wieder auf den Boden stellte. Genervt stöhnte er auf und sank auf einen Stuhl. Achtlos griff der Kurze nach einer Stoffserviette, um den tropfenden Wein abzuwischen. Dann nahm er die nächste Serviette und wienerte was das Zeug hielt. Nachdem die Schuhe wieder auf Hochglanz poliert waren und seiner Begutachtung Stand hielten, zückte er aus seiner Jackentasche ein Kombigerät mit verschiedenen ausklappbaren Gerätschaften für die Maniküre. Geübt klappte er die Pinzette heraus und operierte die Splitter sorgfältig, einen nach dem anderen, aus der Schuhsohle. Kling, kling, ertönte es als die Splitter auf den Kachelboden trafen.

Mit offenem Mund glotzte Britta ihn an, sie war sprachlos. Etwas, was ihr eher selten passierte.

„Wo bleibst du denn?", kreischte es durch die Scheibe der Eingangstür. Eine Frau betrat das Restaurant, hüpfte elegant über den Scherbenhaufen und baute sich vor dem Kurzen auf: „Was? Den Tisch hast du ausgesucht? Der ist aber gar nicht schön", protestierte die maskenhaft geschminkte Frau und begutachtete daraufhin jeden Tisch von allen Seiten. Ohne sie zu beachten operierte der Kurze in aller Ruhe an seiner Schuhsohle weiter. Unwillig schlenderte sie von Tisch zu Tisch, blieb bei einem stehen und klopfte fordernd darauf: „Diesen Tisch nehmen wir!" Der Kurze friemelte unbeeindruckt weiter.

Er hatte nach langer Suche nun auch das letzte, das allerletzte Splitterchen aus seinen Sohlen gepickt. Er klappte sein Instrument wieder zusammen und setzte vorsichtig die Schuhe auf den Boden. Nichts knirschte. Ein kleiner Gehtest bestätigte ihm das. Damit er nicht wieder in die Schuhsohle mordenden Glassplitter treten musste, balancierte er auf Zehenspitzen um die Weinlache herum.

„Ich habe diesen Tisch ausgesucht und damit basta!" Er langte nach seinem Autoschlüssel und schob ungeduldig seine Begleitung Richtung Tür. Resolut nahm er den jetzt fast trockenen Schirm von der jetzt nassen Tischdecke. Wie mit einem Dolch stieß er den Schirm in Richtung Britta. „19 Uhr 30, zwei Personen." Jedes Wort betonte er mit dem zustechenden Schirm.
Sie nickte ergeben und ahnte nichts Gutes.

Beim Knallen der Tür zuckte Britta zusammen. Durch den Windstoß klirrte der Scherbenhaufen, bevor der Kurze laut röhrend von dannen fuhr.

„Der Kurze um 19:30 für zwei Personen." schrieb sie ins Buch. Einen Namen hatte er nicht genannt. Frank schaute über ihre Schulter.

„Der Kurze? Gibst du immer noch deinen Gästen Namen, so wie wir das früher immer gemacht haben?"

„Klar", antwortete sie knapp und bückte sich zum Scherbenhaufen. Die größten Stücke hatte sie gerade aufgesammelt als das Telefon wieder klingelte.

„Mist, gerade jetzt." Sie ließ alle Scherbenstücke wieder fallen. Beim ersten Schritt Richtung Telefon zog es Britta den Boden unter den Füßen weg. Mit einem Aufschrei knallte sie unsanft in die Weinpfütze. Der Versuch, sich in letztem Moment noch mit der Hand auf zu stützen missglückte kläglich. „Aua, aaah, tut das weh." Verwundert bestaunte sie ihren geknickten Arm. Das Telefonklingeln hallte im Raum wider. Franks Versuch, ihr zu Hilfe zu eilen, kam zu spät.

„Du hast Dir den Arm gebrochen", bemerkte er unnötigerweise.

„Aber vor allem habe ich tausende Glassplitter in meinem Arsch", jammerte Britta.

„Hilfe, wir brauchen Hilfe!" Frank schrie sich die Seele aus dem Leib.

„Was'n los?" Jens, der Koch kam gemächlich um die Ecke geschlendert, wie eine Schildkröte mit drei Beinen.

„Oh, je!" War alles was ihm einfiel.

„Vielleicht hilft mir verdammt noch mal einer. Ich sitze hier auf tausend Glasstücken!"

„Ich bringe Dich sofort ins Krankenhaus." Frank, ganz Gentleman, half Britta aus der Pfütze. Jens schnupperte, es roch leicht angebrannt. Die Schildkröte Jens schnallte sich ihr viertes Bein an und rannte in die Küche, um das Schlimmste zu verhindern.

„Wir haben heute volles Haus, was soll ich nur machen? Florian kann auf keinen Fall alleine kellnern. Bisher hat er nur hinterm Tresen gestanden. Mehr kann er nicht."

„Hier, trink erst einmal einen Schluck und setz Dich hin." Frank zog den Korken aus der geretteten Rotweinflasche und goss sich und Britta je ein Glas ein.

„Auf den Schreck brauch' ich erst einmal einen Schluck."

Britta, von Schmerzen gepeinigt, trank ihr Glas in großen Schlucken leer und hoffte auf die betäubende Wirkung. Sie hielt ihren schlappen Arm fest und ließ sich stöhnend auf einen Stuhl fallen.

Mit einem Kreischen, ähnlich einer bremsenden Lokomotive, fuhr sie wieder hoch.

„Was war das für ein dämlicher Rat von Dir?" fauchte sie Frank an.

Jens hatte in der Küche gerettet was noch zu retten war und kam wieder herbei geschlichen.

„Und was jetzt?" Er war kein Mann vieler Worte.

„Weiß auch nicht." Britta war den Tränen nahe.

Frank sah seine Chance gekommen. Unschuldig wie ein Lamm tat er so, als würde ihm gerade eine Spitzenidee kommen. „Hör mal heute habe ich Zeit, ich kann doch für Dich einspringen."
Britta betrachtete ihren gebrochenen Arm und sah ein, dass sie auf keinen Fall arbeiten konnte. Hm, meinte sie. Begeistert sah sie nicht aus. Gerade heute, das ganze Lokal voll, aber was soll's. „Dich schickt der Himmel", log sie, dass sich die nicht vorhandenen Balken bogen. Sie kannte Frank nur zu gut, er trank viel zu viel, aber was blieb ihr anderes übrig. Florian war ja auch noch da.

„Ok, Jens und Florian helfen Dir und jetzt ruft mir bitte einen Krankenwagen, denn ich habe überhaupt keine Lust mich bäuchlings auf die Rückbank eines Taxis zu legen."

In der Viertelstunde bis der Krankenwagen vorfuhr wurde Frank mit möglichst vielen Informationen vollgestopft. Noch bäuchlings auf der Trage liegend plapperte sie die Anweisungen vor sich hin, bis die Autotür zufiel und ihre Stimme nur noch dumpf zu hören war.

Frank winkte den Rücklichtern hinterher. Das war ja gut gelaufen, natürlich abgesehen von Brittas gebrochenem Arm. Mit mindestens 6 Wochen sicherem Job konnte er rechnen. Danach konnte man weitersehen. Fröhlich pfeifend begann er den Scherben-Weinhaufen zu beseitigen. Allerdings sehr froh, dass es eine Rotweinpfütze war, denn bei Weißwein wäre möglicherweise Blut zu sehen gewesen. Schon bei dem Gedanken an Blut war Frank einer Ohnmacht nahe. Blut war und wird nie sein Element sein. Er ging bisher jeder Spritze aus dem Weg, am besten gar nicht erst zum Arzt gehen war seine Devise.

Das Klappern aus der Küche war immer lauter zu hören. Die Küchenhilfe Ali war bei Abfahrt des Krankenwagens eingetroffen. Auch er hatte noch ein paar Anweisungen von Britta abbekommen.

Langsam breitete sich der Duft von Essen aus. Erst einmal die Hose wechseln, bei all dem Durcheinander hatte Frank die Tüte mit Ersatzklamotten achtlos auf einen Stuhl gelegt und vergessen. In der Toilette holte er eine Hose, ein gestärktes hellblaues Hemd und Slipper aus der Plastiktüte. Pingelig darauf bedacht, seine nackten Füße nicht mit dem Kachelboden in Berührung zu bringen, breitete er sorgfältig die Tüte auf dem Boden aus. Strich sie schön glatt, um den Raum darauf zu vergrößern, zog seine Schuhe aus und stellte sich auf das Plastikrechteck. Auf dem kleinen Rechteck von gerade mal 50 x 30 cm gestaltete sich die Aktion erheblich schwieriger als er sich das vorgestellt hatte. Die Hose ausziehen ging zwar schnell, jedoch in die Neue schlupfte es sich nicht so flott. In seiner mit bunten Elefanten bedruckten Boxershorts hüpfte er, nicht gerade elegant, auf der Tüte herum. Dreimal musste er sich am Waschbecken festhalten. Endlich war es vollbracht. Das Hemd noch anziehen, in die neuen schwarzen Slipper schlupfen, dann stopfte er die schmutzigen Teile wieder in die Tüte. Kurz warf er einen prüfenden Blick in den Spiegel. Ein wenig Bammel hat er doch, aber mit seinem Charme und seinen gepflegten Umgangsformen würde er es schon schaffen. Aufmunternd nickte er seinem Spiegelbild zu.

„Gibt's denn noch was zu essen?" Schnuppernd betrat Frank die Küche.

„Bin gerade damit fertig, kannst den Tisch für uns eindecken und die vier Essen raus bringen", bat Jens wortkarg wie immer.

„Vier Essen? Dann ist Florian schon da?"

„Glaub' nicht, wird gleich kommen."

Das Telefon klingelte.

„Hier ist Florian, ist Britta zu sprechen?" Die total verschnupfte Stimme versprach nichts Gutes.
„Ich kann heute nicht arbeiten, ich habe mir einen Virus eingefangen und bin total erkältet."

Von Bammel war keine Rede mehr, jetzt machte sich Panik in Frank breit. Er holte tief Luft und ging äußerlich gelassen an den Tisch zurück und verkündete die Hiobsbotschaft.

„Wird schon", war Jens knapper Kommentar. Ali, der Spüler, aß kommentarlos weiter.

Ganz gegen sein Naturell schaufelte Jens sich das Essen in affenartiger Geschwindigkeit rein. Er legte das Besteck zufrieden auf den leer geschleckten Teller und fing an, Frank die Menükarte zu erklären. Frank versuchte sich alles zu merken, gleich wollte er sich wenigstens ein paar Stichworte aufschreiben.

Missbilligend beobachtete Jens wie Frank zur Entspannung ein Glas Wein trank. Aber was ging ihn das schon an. Ali räumte den Tisch ab während Frank sich noch ein Gläschen Wein vor dem Sturm gönnte. Er rückte sich den Stuhl zurecht, fläzte sich drauf, süffelte genüsslich und las noch einmal die Menükarte auf der Tafel durch.

Beim Huhn sind Champignons dabei. Das Lammkarree ist mit Knoblauch, soweit so gut. Das Kaninchen ist mit Koriander, oder, äh, war's Ingwer? Und wenn's mit Koriander ist, wo war verflixt nochmal der Ingwer drin? Frank heftete seinen Blick fest auf die Tafel, auf der alle Speisen in Brittas schnörkeliger Schrift aufgeschrieben waren. Kürbissuppe, natürlich, in der Kürbissuppe.

„Machen Sie mir ein Steak und eine Cola dazu. Packt ihr das? Geht das auch schnell?"

Frank schreckte hoch. Auf leisen Sohlen war ein Mann neben ihm aufgetaucht.

Beim Wort Cola hatte der Mann sich zu Frank an den Tisch gesetzt und sein Handy gezückt.

„Na klar", antwortete Frank und hoffte inständig, dass es stimmte.

„Ja, mach ich." Erwiderte Jens, als Frank den Bon aufspießte.

Na, das fängt ja gut an. Frank brachte dem Mann seine Cola. Am Tresen schaute er sich durch alle Kühlschränke. Dann nahm er sich die Schränke vor, entdeckte die Kellnerschürze und band sie sich um. Vom Stapel Kellnerblöckchen legte er sich einige parat und schrieb den Spickzettel für die Essen. Die Hälfte hatte er schon wieder vergessen. ‚PacktDas', Frank schrieb den seiner Meinung nach passenden Namen auf einen Zettel. Drunter schrieb er Cola 0,2 und Steak. Cola kostet, äh, er holte sich eine Getränkekarte, äh, sein Finger fuhr suchend über das Papier, äh, 1,80 und das Steak? Schnell nahm er sich einen Block und schrieb die Speisen und die Preise von der Tafel ab. So, 14,50, na bitte geht doch. Tischnummern! Wie sind die Tischnummern! Wieder kam der Block zum Einsatz. Er malte die Umrisse des Raumes und darin die Tische. Mit Hilfe von Jens trug er die Nummern der Tische ein. So fertig, jetzt kann's losgehen.

Kaum hatte Frank das Steak vor dem wortkargen Herrn PacktDas abgestellt, fing dieser zügig an zu essen. „Ich zahl' dann auch gleich." Mit diesen Worten drückte er Frank einen nagelneuen 500er Schein in die Hand. „Ooh!" Frank kippte fast aus seinen Pantinen. „Das kann ich beim besten Willen jetzt noch nicht wechseln."

„Sie werden doch wohl 500 Euro wechseln können, wie jeder!"

Frank schüttelte den Kopf. „Sie können aber gerne mit Karte zahlen."

„Schauen Sie..." Der Mann sprang auf und riss als Beweis exhibitionistisch seine Jacke auf, „...ich habe alles vergessen, keine Karte, keinen Ausweis. Hier, nehmen Sie!" Er nötigte Frank den Schein auf: „Dann müssen sie halt wechseln gehen."

„Das müssen Sie leider selbst machen, denn ich bin alleine hier, ach ja und lassen Sie bitte Ihr Handy hier, als Pfand." Frank legte demonstrativ den 500er vor Herrn PacktDas auf den Tisch.

„Mein Handy? – Als Pfand?! – Trauen Sie mir nicht? Draußen steht mein Porsche, Sie können sich ja die Autonummer aufschreiben."

Frank bestand auf dem Handy.
„Was sind Sie denn hier für ein Pack!?" spuckte er Frank entgegen und packte sich ohne sein geliebtes Telefon, um selber wechseln zu gehen.

...drei graue Herren

Drei Herren in grauen Anzügen betraten das Restaurant als wäre es eine VIP-Lounge am Flughafen. Einer vorneweg, zwei etwas versetzt rechts und links hinter ihm. Jeder zog einen Trolley hinter sich und jeder trug lässig eine Laptoptasche über der Schulter. Als Schlusslicht trottete ein englischer Jagdhund hinter ihnen her, seine Nase ganz weit nach oben gestreckt. Es roch zwar lecker, aber seine Erfahrung sagt ihm, dass er sicherlich nichts davon abbekommen wird. Eine Wiese zum Toben wäre ihm lieber.

„Guten Abend die Herren! Sie haben reserviert?"

„Ja", bestätigte der Erste, „drei Personen, Firma Deutsch..." Sein Handy klingelte.

„Deutsche Telefon", vervollständigte der Zweite, der nebenbei eine SMS schrieb.

Frank wies den Herren ihren Tisch zu. Dem Himmel sei Dank war Britta sehr ordentlich. Nicht nur im Reservierungsbuch war alles fein säuberlich eingetragen, auch auf den Tischen standen die Reserviert-Schilder mit den dazugehörigen Namen. Zwei der grauen Herren rückten umständlich mit ihren Stühlen herum und packten behände ihre Laptops aus den Taschen. Währenddessen marschierte der Erste laut telefonierend mit großen Schritten durch das Restaurant, bis er den Standort mit dem besten Handyempfang direkt an der Eingangstür gefunden hatte, an die er sich entspannt anlehnte.

Ein Businesstisch fehlte an keinem Abend. ‚Business!' schrieb Frank auf seinen Zettel. Spaßeshalber gab er allen dreien einen Namen. Herr Business telefonierte sehr busy. Herr Office mit dem kugelrunden O-Gesicht und abstehenden Ohren war direkt zur Toilette gegangen und Herr Deskjet mit Brille und Pläte stand ratlos mit seinem Laptop in der Hand am Schreibtisch – sorry, natürlich Esstisch. Ein wirklich beeindruckend großer Laptop. Zwischen Messer und Gabel hatte er bei weitem keinen Platz. Der Versuch ihn zu platzieren war von vorne herein zum Scheitern verurteilt. Daneben lag störend die Serviette und dann standen auch noch sechs Gläser auf dem Tisch! Herr Deskjet schüttelte gequält den Kopf. Notgedrungen legte er erst einmal den PC auf dem Stuhl ab. Herr Office, der gerade von der Toilette zurückkam, erkannte das Problem messerscharf. Kurzerhand fing er an, die Gläser, Bestecke, Servietten und eine Getränkekarte von ihrem Tisch auf den eingedeckten Nachbartisch zu verbannen, tatkräftig unterstützt von Herrn Deskjet. Schließlich hatte auf einem Schreibtisch so etwas nichts zu suchen. Endlich hatten sie Platz für ein gut ausgestattetes Büro geschaffen. Beide öffneten zufrieden ihre Trolleys, holten Papiere und Ordner hervor, zogen ihre grauen Jacketts aus und hängten sie über ihre jeweiligen Stuhllehnen. Es piepte und surrte am Tisch bis alle Laptops hochgefahren waren.

Über der rechten Schulter von Herrn Business, der immer noch an der Tür lehnte, erschien eine Hand. Die Hand winkte, um auf sich aufmerksam zu machen. Herr Business, der mit seinem Umfang die komplette Tür blockierte, merkte von alledem nichts. Jetzt gestikulierte die Hand etwas heftiger über der linken Schulter. Kurz tauchte das dazugehörige Gesicht auf und wieder ab. Es klopfte zaghaft und nach nochmaligem Zeichen geben über beide Schultern von Herrn Business öffnete jemand vorsichtig die Tür. Widerwillig machte Herr Business einen Schritt nach vorne und schaute von oben auf eine ältere lächelnde Dame herab: „Dürften wir mal vorbei?"

Gereizt winkte Herr Business die ältere Dame mit ihrem Mann vorbei, um schnell wieder seine gute Empfangsposition einnehmen zu können.

Frau ÄltereDame und ihr Mann, er mit Baskenmütze, die leicht schräg auf seinem Kopf saß, sie mit einer weiten Seidenstola locker um die Schulter drapiert, quetschten sich umständlich an Herrn Business vorbei. In sein Gespräch vertieft bemerkte er nicht den vorwurfsvollen Blick von Frau ÄltereDame. Übermäßig laut begrüßte sie Frank. Dass sie damit Herrn Business sichtlich ärgerte, ließ sie ihren Unmut vergessen. „Ist Britta nicht da? Wir haben für 19:00 für 4 Personen reserviert." Sie schaute sich um und entdeckte das Schild mit ihrem Namen. „Unser Stammtisch, da sitzen wir immer." Sie strahlte Frank an.

Frank begrüßte ebenfalls Frau ÄltereDame und ihren Mann und führte sie zur Garderobe. Damit hatte er Zeit gewonnen, denn ausgerechnet auf deren Tisch lagen und standen wild durcheinander die Utensilien vom Bürotisch. Schnell räumte er die so achtlos abgelegten Bestecke, Servietten und die Getränkekarte zurück auf die äußerste Kante des Bürotischs. Es wurde eng auf dem Schreibtisch. Schnell eilte er zurück und nahm noch die drei Weingläser vom Tisch und versteckte sie hinter seinem Rücken als er sah, dass die älteren Herrschaften auf den Tisch zusteuerten.

„Sind Sie so lieb, wir brauchen erst einmal nur eine Flasche Wasser, denn wir warten noch auf unsere Tochter und ihren Mann", bestellte Frau ÄltereDame noch im Stehen.

Frank holte einen kleinen Beistelltisch, schob ihn an den Bürotisch und stellte die Gläser darauf ab.

Der Tisch hatte sich inzwischen in ein Multimedia-Büro verwandelt. Er war überladen mit drei Laptops, zwei Ordnern, Notizblöcken und vielen kleinen elektronischen Geräten. Trotzdem wagte Frank es in die Besprechung zu platzen. Herr Business, Herr Office und Herr Deskjet, anscheinend multi-tasking-fähig, obwohl Männer, waren bereits wild am tippen und diskutieren.

„Darf's denn schon etwas zu trinken sein, die Herren?"

„Eine Steckdose wäre nicht schlecht."

Bevor Frank reagieren konnte, schob Herr Office den Tisch zur Seite. „Ah, da ist ja eine." Er steckte den Laptopstecker in die Dose. „Braucht noch jemand Strom?" fragte er zufrieden in die Runde. „Ja, mein Handy ist leer. Könnten Sie das vielleicht an der Theke aufladen, ich erwarte einen wichtigen Anruf." Herr Deskjet legte Frank das Handy samt Ladegerät auf das Tablett.

Frank stöpselte das Mobilteil am Tresen ein. Er holte eine Flasche Wasser aus dem Kühlschrank und brachte sie zu Frau ÄltereDame. Während er das Wasser in ihr Glas eingoss, hört er einen Klingelton. Noch bevor ihm bewusst wurde, woher der Ton kam, polterte der Stuhl von Herr Deskjet zu Boden, sein Besitzer sprintete hinter den Tresen und rief in das Telefon: „Hallo, hallo...!"
Im gleichen Moment bog Jens um die Ecke und starrte mit Entsetzen Herrn Deskjet an, der wie selbstverständlich hinterm Tresen stand und in aller Ruhe sein Gespräch führte. Er blockierte den engen Tresen noch zusätzlich durch das Ladekabel, das von der Steckdose bis zum Ohr von Herrn Deskjet wie ein Absperrband hing. Herr Deskjet drehte Jens ostentativ den Rücken zu und dachte im Leben nicht daran seine Position auf zu geben.

„So geht das nicht!" Jens fauchte den Rücken an.

Da seine Bemerkung ohne erkennbare Reaktion blieb, zog Jens kurzerhand den Stecker des Ladegerätes aus der Dose. Das leer gequatschte Telefon unterbrach sofort die Verbindung.

Wie vom Blitz getroffen schaute Herr Deskjet erst sein Handy und dann Jens entgeistert an. Er schnappte nach Luft, wie ein Fisch auf dem Trockenen.

„Was fällt Ihnen ein, einfach meine Verbindung zu trennen?"

Ohne zu antworten legte Jens das Kabel des Ladegeräts, das er immer noch in der Hand hielt, über die Schulter von Deskjet und schob den nur widerwillig reagierenden Mann aus dem Tresen.

„So kann man doch nicht mit Gästen umgehen!" raunzte Herr Deskjet Jens an. „Sie kämen", konterte Jens, „doch auch nicht auf die Idee, sich plaudernd hinter dem Verkaufstresen zum Metzger zu gesellen oder den Schalter einer Bank zu entern, um dem Kassierer auf die Finger zu schauen?" Damit war für Jens das Thema erledigt.

Frank begleitete den empörten Herrn Deskjet an den Tisch, um die Bestellung aufzunehmen. Dabei hatte er eine wunderbare Idee für die Zukunft. Immer mehr Gäste benötigten für einen gelungenen Abend, nebst Getränken und Essen, heutzutage auch Strom. Frank verlor sich in seiner Phantasie. Minizähler für jede Steckdose. Eine Idee für die Zukunft. Mit so einem Patent könnte er sicher viel Geld machen.

Eine Flasche Wasser 4 Euro und sieben Kilowattstunden, das macht dann 11,60 bitte. Herr Business holte ihn mit seiner Bestellung wieder in die Wirklichkeit zurück: „Bringen Sie uns eine gute Flasche Rotwein, eine Flasche Wasser, den Vorspeisenteller teilen wir uns und dreimal Rumpsteak mit Bratkartoffeln und Salat, danke." Orderte er ohne Frank eines Blickes zu würdigen.

„Möchten Sie Ihre Steaks medium oder saignon?"

„Ja genau." Herr Business, wieder ‚busy', antwortete ohne hinzuhören.

„Also dann medium für alle drei", insistierte Frank.

Ihr Schweigen nahm er als Bestätigung.

Inzwischen hatte Herr Deskjet eine Steckdose an einem noch leeren Nachbartisch entdeckt und stöpselte sein Mobiltelefon dort an den begehrten Strom. Für ein aufgeladenes Handy war ihm nichts zu lästig. Er schob erst die Stühle und dann geräuschvoll den Tisch zur Seite. Ungelenk ging er in die Hocke und schlängelte seinen Arm um das immer noch störende Tischbein herum. Leise ächzte er ob dieser ungewohnten Anstrengung. Sein Schmerbauch bewies, dass er im höchsten Maße unsportlich war. Noch dazu war er bei dieser Aktion im Weg. Er streckte seinen Arm lang und immer länger bis der Stecker in der Steckdose fest saß. Zufrieden, aber stöhnend wuchtete er sich wieder hoch.

Bewaffnet mit den Getränken und dem Brot versuchte Frank verzweifelt wenigstens die Gläser wieder auf dem übervollen Schreibtisch zu arrangieren.

Ohne auf ihn Rücksicht zu nehmen, tippten die drei Herren weiter auf ihre verschiedenen Geräte ein.

Frank öffnete die Weinflasche und goss einen Probierschluck ins Glas von Herrn Business. Dieser winkte jedoch gleichgültig ab: „Füllen Sie die Gläser voll, wird schon schmecken!"

„Schmecken wird er Ihnen bestimmt, aber korkt er?" Frank ließ nicht locker.

„Gießen Sie doch endlich ein!"

Stoisch füllte Frank die Gläser und stellte die Flasche auf den Beistelltisch.

Das war die Idee, auch er wollte sich noch ein Gläschen gönnen.

...nörgeln, kritteln und meckern

Herr und Frau ÄltereDame hatten sich zwei Pastis bestellt. Sie waren extra etwas früher gekommen, um mit Britta Neuigkeiten austauschen zu können. Frank erzählte den beiden, was mit Britta passiert war. Frau ÄltereDame bedauerte es sehr, wie sie mehrfach beteuerte. Es hielt sie aber nicht davon ab dann halt Frank alle Neuigkeiten zu erzählen, dass sie die letzten zwei Monate in ihrem französischen Rentnerdomizil verbracht hatten, wie schön der Anbau mit der neuen Küche in ihrem Haus geworden war und so weiter und so weiter. Frank hörte kaum zu. Er warf einen prüfenden Blick zum Bürotisch, jedoch steckten alle drei Köpfe tief in den Laptops.

„Jetzt wollen wir Sie aber nicht länger von der Arbeit abhalten." sagte Frau ÄltereDame im Aufstehen, um ihre Tochter und ihren Schwiegersohn zu begrüßen. Die Tochter marschierte energisch ihrer Mutter entgegen. Ihre kurzen Haare hatten eine undefinierbare blondbraune Farbe. Von Kopf bis Fuß war sie schwarz gekleidet, enge Hose, schlichtes Shirt mit Kragen. Verhalten grüßte sie ihre Mutter, ganz im Gegensatz zu ihrem Mann, der Frau ÄltereDame in den Arm nahm und herzlich rechts und links auf die Wange küsste. Der Schwiegersohn sah aus wie man sich einen vergeistigten Wissenschaftler vorstellt. Er zog sich seinen Parka aus, den er sicher schon in seiner Studentenzeit getragen hatte. Seine wirren Haare hingen fast bis zur Schulter und selbstredend zierte seine Nase eine randlose Brille.

Es entstand ein kurzes Gerangel zwischen Mutter und Tochter. Die Tochter versuchte den Stuhl der Mutter zu erobern. Sie war auf den Platz mit dem besten Überblick über das gesamte Restaurant aus. Fremde Menschen im Rücken waren ihr ein Graus. Aber sie hatte die Rechnung ohne ihren Vater gemacht, der bestand darauf, dass seine Frau sich wieder neben ihn setzte. Als die Verteilung der Sitzplätze geregelt war, setzten sie sich alle hin und die Tochter überreichte der Mutter ihr Geburtstagsgeschenk. Nachträglich, denn dieser Festtag war schon sechs Wochen vorbei. Sie entschuldigte sich damit, dass sie es einfach nicht geschafft habe, es zur Post zu bringen.

„Schön, dass du überhaupt an deine Mutter gedacht hast", konnte sich der Vater nicht zurückhalten zu bemerken. Frau ÄltereDame klopfte ihm beschwichtigend auf den Arm. Lass gut sein, formte sie ihm zugewandt lautlos mit den Lippen. Dieser Abend sollte endlich mal friedlich verlaufen. Sie bestellte für ihren Schwiegersohn auch einen Pastis, wofür sie sich sofort einen strafenden Blick ihrer Tochter einhandelte. Sie war wahrlich nicht das Ebenbild ihrer Mutter. Die liberale und freizügige Erziehung der Eltern, hatten in der Tochter das Bedürfnis nach Führung, Ordnung und Struktur erweckt. Die überzeugte Antialkoholikerin und Vegetarierin war jederzeit im Dienst als Kämpferin der GSG 9 der Bundespolizei.

Frank schlürfte gemütlich hinterm Tresen seinen Wein. Etwas Zeit für die Auswahl der Getränke und des Essens wollte er ihnen geben.

„Es wurde aber auch Zeit! Wir wissen längst, was wir essen wollen", nörgelte die Tochter, als Frank nach angemessener Zeit mit dem Block an den Familientisch kam.

Herr und Frau ÄltereDame waren immer offen für alles Neue und hatten sich für die neuesten Kreationen von Jens entschieden. Der Schwiegersohn bestellte leise das Lammfilet. Er hatte gehofft, dass seine Frau was auf den Ohren hatte. Das hatte sie aber ganz und gar nicht. Sie keifte sofort los: „Nimm wenigstens den Victoriabarsch, du isst viel zu viel Fleisch, außerdem ist Fisch viel gesünder!"

„Ich möchte das Lammfilet!" widersprach er ungewöhnlich mutig.

Nein, nein, er nimmt den Fisch! Überging ihn seine Frau und fuchtelte mit ihrer Hand über Franks Blöckchen, um ihn am Weiterschreiben zu hindern.

„Lass ihn doch nehmen, worauf er Lust hat", stand der Vater seinem Schwiegersohn bei.

„Woher kommt denn das Lammfleisch?", wandte die Tochter sich wieder Frank zu.

„Aus Neuseeland", konterte er schlagfertig, obwohl er keinen blassen Schimmer hatte ob das wirklich stimmte.

„Na da ham wir's ja!!" bestätigte die Tochter sich selbst. „Haben wir denn keine leckeren Schafe in Deutschland? Bei den vielen Billigfliegern heutzutage ist die Umweltverschmutzung groß genug. Muss dein Lammfleisch auch noch um die halbe Welt geflogen werden?" Schon fast unangenehm laut giftete sie ihren Mann an, der etwas eingeschüchtert auf seinem Stuhl zusammen gesackt war.

In ruhigem, aber bestimmten Tonfall konnte der Vater nicht an sich halten seine Tochter zu belehren: „Der Victoriabarsch, den du ihm aufdrängen willst, kommt doch auch aus Südafrika und nicht aus dem Rhein, aber in Geografie und Biologie warst du ja nie eine Leuchte."

Bevor Frank noch weiter in die sich anbahnende Diskussion hineingezogen werden konnte, zog er sich diskret zurück.

...was es nicht alles gibt

Eine vornehm aussehende Dame mit hoch toupierten blonden Haaren betrat energisch das Restaurant. Sekundenschnell hatte sie mit Kennerblick die Übersicht über die Tische gewonnen, zögerte keine Sekunde und hatte sich im Nullkommanix entschieden. Sie überrannte den ihr freundlich entgegenkommenden Frank und folgte zielstrebig ihrem Weg.
Während Frank sich die imaginären Trittspuren aus dem Gesicht wischte, setzte sie sich bereits an ihren Tisch, breitete sich aus und studierte die Weinkarte.

„Guten Abend, die Dame! Es tut mir Leid, aber dieser Tisch ist reserviert, haben Sie vorbestellt?"
In diesem Augenblick löste sich das Problem von alleine, denn pünktlich auf die Sekunde um 19.30 betrat der Kurze mit seiner maskenhaft geschminkten Begleitung das Restaurant. Sie ging zur Garderobe um ihren Mantel aufzuhängen und er stürmte sofort auf seinen Tisch zu. „Das ist aber mein Tisch, den habe ich vorhin schließlich persönlich ausgesucht!", blaffte er die hochtoupierte Dame an, setzte sich kur-

zerhand dazu und bestellte sofort eine Flasche Wasser, um mit dieser Tat deutlich sein Revier zu markieren.

Die Dame legte resigniert die Weinkarte beiseite, packte ihren Lippenstift, ihr Handy, ihren Terminplaner in ihre Tasche und stand auf.

Frank zeigte der Dame ihren Tisch. Gewohnt immer das zu bekommen was sie wollte, richtete sie sich jetzt sichtlich pikiert an dem Tisch ein. Zu ihrem Geburtstag war sie nur mit ihrem einzigen Sohn verabredet, ihr Mann, ein erfolgreicher Manager, war wie immer auf Geschäftsreise.

„Ach, da bist du ja schon, so pünktlich hatte ich dich gar nicht erwartet", begrüßte die Toupierte ihren Sohn und ließ sich von ihm auf beide Wangen jeweils zweimal küssen.

„Alles Gute zum Geburtstag, Mutter. Dein Geschenk lege ich Dir hier hin, aber leider muss ich noch mal ganz kurz weg, einen Parkplatz suchen. Das geht auch ganz schnell, und dann habe ich den ganzen Abend für Dich Zeit."

Vor lauter Hektik rutschte dem etwas schnöseligen Sohn der weiße Wollpulli von den Schultern, den Frank im Fallen gerade noch auffangen konnte. Ohne einen Dank und mit einem „Bis gleich, Mutter!" stürmte der SchnöselSohn aus der Tür. Dort stieß ein gut aussehender Mann mittleren Alters mit ihm zusammen:

„Oh Pardon, hab's eilig", nuschelte der Schnösel und zwängte sich vorbei.

Das gute und distinguierte Aussehen des neuen Gastes spiegelte sich nicht in seinem Outfit wider. Die Markenklamotten sahen zwar teuer aus, passten aber eher auf den Tennisplatz als in ein Restaurant: Beige Safari-Shorts aus denen haarige Beine ragten, ein blaues T-Shirt mit Aufdruck. Passend abgerundet trug er weiße Socken, die in Gesundheitssandalen steckten. Frank begleitete ihn an den bestellten Tisch für zwei Personen. Er konnte seinen Blick kaum von ihm reißen.

Frank wettete, dass die Begleitung von WeißeSocke eine kurzhaarige, schlaksige und hypersportliche Frau sein wird. Sie erschien ihm vor seinem inneren Auge. Ganz und gar nicht die Frau die er bevorzugte. Auf einen Zettel schrieb er neben die Tischnummer WeißeSocke. Einen besseren Namen konnte er sich nicht vorstellen. Auf den nächsten Zettel schrieb er Schnösel. Das Namensspielchen gefiel ihm, er hatte es längst vergessen gehabt. Um die Panik, die ihn wieder überkam, zu mindern, goss er den letzten Schluck Rotwein aus der Flasche in sein Glas und nippte daran. Aus der Küche klingelte es anhaltend.

Mit der Vorspeise und den drei Beistelltellern in den Händen schob Frank vorsichtig einen der Trolleys am Bürotisch mit dem Fuß beiseite.

„Passen Sie doch auf!" schimpfte Herr Office, der gerade eine Email schrieb.

Frank versuchte es mit Humor: „Wie wär's mal mit einer kleinen Arbeitspause? Die Vorspeise ist da."

„Stellen Sie's einfach in die Mitte. Wir essen das nebenbei."

Das war einfacher gesagt, als getan.

„Ein wenig an die Seite...ja, das ist nett...noch ein wenig...und würden Sie auch noch ein bisschen...und ihre Tellerchen...ja, so müsste es klappen...noch ein ganz kleines Stück...jawohl. Viiielen herzlichen Dank und einen guten Appetit!"

Mit der Flasche Wasser für den Kurzen auf dem Tablett, beobachtete Frank im Vorbeigehen, dass sich die Diskussion um Lammfleisch oder Fisch gelegt hatte. Die Tochter schaute mit verschränkten Armen muffelig aus dem Fenster. Ein neuer Vorstoß konnte gewagt werden, um die Bestellung aufzunehmen.

„So, wir sind jetzt soweit." Frau ÄltereDame zwinkerte Frank zu. „Was wir essen wissen Sie ja bereits!"

Franks Blick richtete sich jetzt auf die Tochter, wurde aber sofort auf ihren Mann abgelenkt, der sich durch die Unterstützung seiner Schwiegereltern wieder auseinander geklappt hatte und kerzengerade dasaß. Erstaunlich beherzt bestellte er: „Ich nehme bitte das Lammfilet."

Trotz seines ersten Sieges über seine Frau, warf er gewohnheitsgemäß einen unsicheren Seitenblick auf sie, den sie konsequent ignorierte. Um nicht vollkommen ihr Gesicht zu verlieren, gängelte sie nun Frank: „Gehen Sie in der Küche fragen, was sie für Gemüse da haben. Ich hätte gerne einen gemischten Gemüseteller! Bringen Sie auch noch eine Flasche Wasser mit, die hier ist ja schon lange leer." Sie hielt ihm auffordernd die leere Wasserflasche hin.

„Wir hätten da eine gemischte Gemüsepfanne auf der Karte, mit Möhren, Lauch, Blumenkohl und Sellerie in Kräutersoße mit Reis dazu", blockte Frank ihr

Kommando ab. Doch die Tochter ließ nicht locker: „Dann können Sie mir auch sicher sagen, welche Kräuter in der Soße enthalten sind, nicht?" Süffisant lächelte sie ihn an.

„Alle weiß ich leider nicht..." gab er auf.

„Dann fragen Sie eben in der Küche nach", insistierte sie und genoss den Triumph sichtlich.

„Halt!" Mischte sich Frau ÄltereDame ein. „Sie müssen nicht sofort loslaufen, wenn meine Tochter es verlangt, wir möchten auch noch eine Flasche Rotwein bestellen. Suchen Sie uns doch noch eine besondere Flasche aus, mit zwei Gläsern."

„Für mich auch ein Glas", bat der Schwiegersohn verwegen wie ein Pirat in der Badewanne

Der Besen, wie Frank die Tochter insgeheim nannte, beschloss ihren Mann im Beisein ihrer Eltern mit Nichtachtung zu strafen.

Auf dem Weg zur Küche, um den vom Besen erteilten Auftrag zu erledigen, kam Frank der inzwischen zurückgekehrte SchnöselSohn entgegen und bestellte direkt am Tresen eine Flasche Champagner.

„Geben Sie mir zwei Gläser dazu, ich mache den Schampus selber auf. Meine Mutter hat heute nämlich fünfzigsten Geburtstag, oh eigentlich hätte ich Ihnen das gar nicht sagen dürfen." Er kicherte blöde.

Frank füllte einen Sektkübel mit Eis und stellte die Flasche hinein. Er wickelte eine Serviette um den Hals und bot noch einmal dem SchnöselSohn an, die Flasche für die Frau Mutter zu öffnen.

„Nein, nein, wissen Sie, es ist so ein Ritual, dass zu Mutters Geburtstag immer eine Flasche Champagner getrunken wird, meine Sache ist das ja nicht, ich trinke lieber Cocktails", bemerkte er nebenbei. „Zuhause lässt mein Vater die Flasche auch nicht vom Personal öffnen. Er macht es immer selber. Also ist es heute meine Sache, denn mein Vater ist auf Geschäftsreise", profilierte er sich. Er ergriff den Sektkübel und die zwei Gläser und schritt mit geschwollener Brust zu seiner Mutter, stolz, diese traditionelle Aufgabe zum ersten Mal für seinen Vater übernehmen zu dürfen. Frank interessierte das ganz und gar nicht. Er nahm noch einen großzügigen Schluck aus seinem Weinglas, ging in die Küche und ließ sich von Jens die Kräuter aufzählen. Mit der Liste machte er sich auf den Weg zum Besen.

„Petersilie, Rosmarin, Thymian, ..."

PÄNG – am Nebentisch schoss gleich einem Pistolenschuss mit einem lauten Knall der Korken aus der Champagnerflasche. Sprudelnd spritzte der Champagner hinterher.

Die Kämpferin im Dienste der GSG 9, das Geschehen im Rücken, sprang auf und rief: „Alle auf den Boden!!" Ihr Griff ans Halfter ging ins Leere.

So unverhofft zum Terroristen mutiert stand der SchnöselSohn mit der schäumenden Tatwaffe in der Hand da wie ein ertappter Lausbub. Dann senkte er seinen Kopf und besah sich die Bescherung. Sein pastell-rosa Polohemd und sein weißer, über die Schultern geknoteter Pullover tropften. Mutter Schnösel fing lauthals an zu lachen und mit ihr alle übrigen

Gäste. Sogar die Herren am Bürotisch unterbrachen ihre Arbeit und stimmten in das fröhliche Gelächter mit ein. Auch Hasso bellte fröhlich mit. Er sprang auf und wedelte mit dem Schwanz, endlich war mal was los.

Knallrot setzte die Tochter sich wieder hin.

„Ja, die Kräuter sind in Ordnung, ich nehme die Gemüsepfanne", flüsterte sie ohne Frank anzuschauen. Um die peinliche Situation zu überbrücken fing die Mutter an über Frankreich zu erzählen.

Frank war so ernst geblieben wie er gerade nur konnte und verdrückte sich von dem Tisch, um dem SchnöselSohn zu helfen. Der hatte sich derweil schon wieder hingesetzt und versuchte sich mit der Serviette trocken zu reiben.

„War das nicht wie bei Formel 1?" wandte er sich seiner Mutter zu, die sich die Lachtränen aus den Augen rieb. „Apropos, noch mal alles Gute zum Geburtstag. Hier eine kleine Überraschung für Dich, ich habe für uns eine Reise nach Monaco zur Formel 1 geplant."

Franks Hilfe wurde abgelehnt, also drehte er sich zu dem Kurzen um, der als einziger keine Miene verzogen hatte: „Es wird aber auch Zeit, wir möchten bestellen, einmal die Gemüsesuppe und die Nudeln mit Lachsstreifen."

„Und für Sie?" Sprach Frank die Begleitung direkt an.

„Ich..."

„Die Nudeln sind für sie, ich nehme die Suppe, bringen Sie auch gleich Brot, danke das war alles!" unterbrach der Kurze seine Frau. Ihr blieb nichts anderes übrig als die restlichen Wörter runterzuschlucken. Sie schmeckten bitter, denn sie verzog angewidert ihr Gesicht.

Keinen Wein, Frank war empört. Als Genießer war ihm die Vorstellung von einem Abendessen ohne Wein völlig fremd.

Da ging er lieber zurück zum Tisch von Mutter und Sohn. Beide hatten sich für das Tagesmenü entschieden und wollten dazu eine Flasche Rotwein trinken. Der noch verbliebene Champagner war schon fast geleert. Kein Wunder, die Hälfte davon tropfte aus dem Pullover vom SchnöselSohn.

Frank empfahl ihnen selbstredend einen Rotwein aus seinem Sortiment.

Er schrieb schnell die Bons für die Küche und holte den Wein aus dem Regal.

Mutter Schnösel las das Etikett der Weinflasche vom ersten bis zum letzten Wort. Erst danach durfte Frank die Flasche öffnen.

Er goss den Probierschluck in ihr Glas, doch sie wehrte vehement ab.

„Nein, nein das ist natürlich Männersache." Dabei tätschelte sie betulich die Hand ihres so aufgeforderten Sohnes.

Ganz Mann von Welt roch der SchnöselSohn lange an dem kleinen Probierschluck. Anstatt den Wein langsam im Glas zu schwenken, schüttelte er ihn heftigst hin und her, nahm einen kleinen Schluck, schlürfte ihn über die Zunge und gurgelte ihn über alle Geschmacksknospen seines Mundes. Nach dieser langwierigen Prozedur stellte er das Glas wieder hin, wiegte den Kopf bedächtig hin und her, ließ den Geschmack noch mal Revue passieren.

„Korkt der Wein?"

Der SchnöselSohn ließ die Frage im Raum stehen und wiederholte die ganze Degustation. Schütteln, schlürfen, gurgeln und nachwirken lassen.

„Doch, doch der ist gut, braucht aber noch etwas Luft, vielleicht etwas zu viele Tannine und ein Grad zu warm, aber lassen sie ihn da." Selbstgefällig und gönnerhaft stellte er das Glas ab.

„Statt der Kartoffeln hätte ich gerne Reis zu meiner Hauptspeise!" Forderte die Mutter, „Ach nein, lassen Sie den Reis weg und auch die Kartoffeln. Es ist sowieso besser für meine Figur", fischte sie nach Komplimenten.

Nach langjähriger Erfahrung, ließ Frank die Bemerkung lieber unbeantwortet. So einige Fettnäpfchen pflasterten seinen Weg.

Der Bürotisch hatte schon vom Vorspeisenteller gestippt und Herr WeißeSocke wartet auf seine Begleitung. Ein Getränk hatte er abgelehnt.

Soweit war doch alles in Ordnung, bis jetzt. Zufrieden ergriff Frank sein Weinglas und gönnte sich einen beachtlichen Schluck.

...Kabale und Liebe

Vor der Eingangstür knallte eine Autotür ins Schloss. Jeder im Restaurant konnte eine offensichtlich wütende Frau schimpfen hören. Um noch mal einen nachzulegen, öffnete sie ein weiteres Mal die Taxitür: „Du kannst bleiben wo der Pfeffer wächst! – Mach was du willst! – Ich gehe jetzt alleine essen!" Die temperamentvolle Frau knallte die Autotür wieder mit voller Wucht zu.

„Immer der gleiche Streit, immer dasselbe, jetzt ist Schluss!" Schwungvoll drehte sie sich um, atmete noch einmal tief durch, betrat das ihr gut bekannte Restaurant und stürmte schnurstracks zum Tresen.

Aber hallo, Frank war begeistert. Alles, wirklich alles gefiel ihm an dieser temperamentvollen Frau. Groß und nicht zu dünn, für ihn gleichbedeutend mit ‚sie ist ein Genussmensch und dem guten Essen zugetan'. Humorvoll und offen strahlten ihre grünen Augen, ihr volles rotes Haar flog bei jeder Bewegung wild um ihren Kopf. Ihr grünes Kleid war ausgesprochen extravagant und ihre Füße steckten in abenteuerlich hohen Pumps. Frank verbeugte sich leicht vor ihr und stellt sich vor: „Mein Name ist Frank und ich helfe hier heute aus."

Die temperamentvolle Frau, mit den vom Streit noch leicht geröteten Wangen taxierte ihn von oben bis unten. Auch ihr gefiel, was sie da sah.

„Geben sie mir doch gleich mal einen Martini. Den kann ich jetzt brauchen! – Was habe ich mich gerade gestritten."

Sie trank einen großen Schluck vom Martini, den Frank ihr prompt gereicht hatte. Sie seufzte erleichtert auf.

„Wissen sie, ich hatte einen Tisch für zwei Personen bestellt. Nehmen sie mich denn auch alleine?", kokettierte sie.

„Wo bleibt denn unser Essen? Meine Frau hat Hunger!" Der Kurze tauchte neben der Rothaarigen auf. Er versuchte sich vor Frank aufzubäumen. Es wirkte lächerlich mit seiner Größe, oder besser gesagt Kürze. Frank, zwei Köpfe größer, konnte seinen Blick kaum von dem scharfen, wie mit dem Lineal gezogenen, Scheitel abwenden.

„Sie haben gerade erst bestellt."

„Vor genau 9 Minuten!", präzisierte der Kurze. „Vor genau 9 Minuten, dann bringen Sie uns wenigstens noch etwas Brot", legte er nach und rauschte davon.

Der Kurze setzte sich triumphierend auf seinen Stuhl. „Denen habe ich jetzt eingeheizt, lange musst du nicht mehr auf dein Essen warten", giftete er wie eine kleine Natter.

„Wie bitte?" Befremdet schaute ihn seine Begleitung an. „Meine Bemerkung, dass ich Hunger habe, heißt doch noch lange nicht, dass ich auf der Stelle essen will. Kochen dauert außerdem etwas länger, aber davon hast du ja keine Ahnung, deine Tätigkeiten in der Küche beschränken sich lediglich darauf den Kühlschrank zu öffnen."

„Wir sind zum ersten Mal hier. Die müssen sich auch ein bisschen Mühe geben, schließlich wollen die ja, dass wir wiederkommen!" Der Blick, den sie ihm zuwarf, sprach Bände.

Er bemerkte gar nichts und pflaumte Frank an, der gerade das Brotkörbchen auf den Tisch stellte: „Haben sie in der Küche mal nachgefragt, wie lange es noch dauert?"

„Wir sind hier doch nicht in einer Imbissbude!" Seine Begleitung nahm Frank die Worte aus dem Mund.

Frank trollte sich und über den Tisch des Kurzen legte sich Schweigen wie bei einer Beerdigung, wenn einer aus der Rolle fiel und kicherte. Jede folgende Minute zog sich quälend in die Länge.

„Jetzt reicht's mir, jetzt reicht's mir wirklich, wenn das Essen nicht sofort kommt, gehen wir!"

In diesem Moment kam Frank eiligen Schrittes mit zwei Tellern aus Richtung Küche.

„Ah! Da ist ja unser Essen! Es geht ja doch!" Zufrieden, diesen Sieg erreicht zu haben, lehnte sich der Kurze zurück.

„Siehst du, man muss nur den Mund aufmachen, sonst lassen die einen am langen Arm verhungern. Man darf sich nicht alles gefallen lassen! Guten Appetit, Schatz!"

Schweigen legte sich über den Tisch. So ungeduldig wie der Kurze sich verhielt, so aß er auch. Löffel für Löffel verschwand die Suppe in seinem Mund.

Wortlos isst es sich schneller. Auch seine Begleitung hatte nichts mehr hinzuzufügen. Fünf Minuten, nicht eine Sekunde länger und die beiden Teller waren leer

„Kellner! Wir sind fertig. Sie können abräumen. Bringen Sie mir gleich die Rechnung!"

Innerhalb von Sekunden lag die Rechnung auf dem Tisch.

„Wenigstens die Rechnung kommt prompt!", setzte Herr Kurze noch einen drauf.
„17,80 sind das dann bitte."
Der Kurze kramte in seinem Portemonnaie und hielt Frank einen Zweihunderter entgegen. Schon wieder, Frank stöhnte innerlich auf.
„Darauf kann ich leider noch nicht rausgeben, sie sind erst der Zweite, der heute bezahlt. Haben Sie's nicht kleiner? Vielleicht einen 20er? Sie können auch mit Karte zahlen."
Herr Kurze zückte seine Platinkarte: „Machen sie 18."

...haben Sie auch grünen Salat?

Eine elegante Erscheinung stolzierte auf atemberaubend hohen HighHeels ins Restaurant und steuerte direkt auf den Garderobenspiegel zu. Sie musterte sich prüfend von oben bis unten. Zu Hause hatte sie eine halbe Ewigkeit ein Outfit nach dem anderen ausprobiert. Zu guter Letzt hatte sie sich für eine lässige aber teure Kombination aus einem Jeansrock mit

Applikationen und einem grünen T-Shirt entschieden. Schick und nicht zu elegant.

Es war das vierte Date mit einem erfolgreichen und gutaussehenden Geschäftsmann aus der Medienbranche, den sie bei einer Filmpremiere kennen gelernt hatte. Die letzte Verabredung hatte an ihrem Frühstückstisch geendet. Dieses Mal, da war sie sich sicher, hatte sie einen Mann mit Niveau getroffen. Zuversichtlich freute sie sich auf eine anregende Unterhaltung.

„Das wird ein zukunftsweisender Abend." Ein letzter Blick in den Spiegel. „Ich sehe gut aus!" „Ja, du siehst gut aus", bestätigte ihr der Spiegel an der Garderobe. Selbstbewusst stolzierte sie auf ihren High-Heels in den Raum. WeißeSocke sprang auf und sie blieb versteinert stehen.

Um Himmels Willen! Bermuda-Shorts, weiße Socken in Sandalen!!! Wie scheußlich und geschmacklos. Nicht dass ihr Äußerliches besonders wichtig wäre, aber bitte alles mit Stil. Was mach‘ ich jetzt? Das geht ja gar nicht, überlegte sie sich. Weiße Socken in Gesundheitssandalen war mit das scheußlichste, was sie sich in der Welt der Mode vorstellen konnte.

Sie zwang sich ein Lächeln auf und begrüßte WeißeSocke etwas unterkühlt. Er, ganz von sich überzeugt, bemerkte ihr Entsetzen nicht und ließ sich stante pede auf seinem Platz nieder. Abwartend stand sie neben ihrem Stuhl, aber auch all seine Höflichkeitsformen hatte er mit dem Anzug ausgezogen.

Frank hatte sein kleines persönliches Quiz, welche Begleitung dieser Mann wohl mitbringen würde, haushoch verloren. Widerwillig löste er seinen Blick von ihr als WeißeSocke eine Apfelschorle bestellte.

„**Ich** nehme ein Glas Champagner!", bestellte Frau HighHeels.

„Ist das nicht schön, der erste warme Tag in diesem Jahr!" Strahlend überreichte WeißeSocke ihr die Speisekarte. „Viel Hunger habe ich allerdings nicht! Ich war mittags schon mit meinen Kindern bei MacDagobert. Sie sind jedes zweite Wochenende bei mir."

MacDagobert und Apfelschorle? Ratlos schüttelte sie den Kopf.

„Haben Sie schon gewählt?" Frank stellte Champagner und Apfelschorle vor die Beiden.

„Als erstes hätte ich gerne eine Portion Kaviar und als Hauptgang einen Babysteinbutt", orderte Frau HighHeels prompt. Entscheidungsfreudig, wie sie nun mal war, kompensierte sie Ihren Schock, ob WeißeSockes Veränderung, mit einer teuren und erlesenen Bestellung.

„Ähm, ähm, was ist denn mit dem Menü? Kann man da die Hauptspeise weglassen?" WeißeSocke schaute Frank erwartungsvoll an.

„Dann ist es kein Menü mehr."

„Na vielleicht nehme ich sowieso nur eine Hauptspeise, vielleicht das Rinderfilet, ist das gut?"

„Natürlich, sehr gut.."

„…was soll er denn sonst antworten", sprang Frau HighHeels Frank etwas entnervt in die Bresche.

„Kann ich denn auch was Anderes als Spinat haben? Reis mag ich auch nicht, Kartoffeln wären mir lieber." WeißeSocke kippte die Apfelschorle runter und streckte Frank das Glas hin. „Aber bringen Sie mir erst noch eine Apfelschorle."

„Ich habe eigentlich sowieso nicht so viel Appetit. Wenn es Dir nichts ausmacht, nehme ich nur eine Vorspeise. Das reicht mir heute." Wandte sich WeißeSocke an Frau HighHeels.

„Sie haben doch gemischte Antipasti?" fragte er Frank, der die Apfelsaftschorle vor ihm abstellte. „Die würde ich gerne probieren."

„Und als Hauptgang?"

„Nein, das reicht mir heute. Aber sagen sie mal, sind da Möhren dabei? Ich mag keine Möhren, außerdem bin ich allergisch auf Knoblauch. Also auf gar keinen Fall Knoblauch! Anchovis können sie auch weglassen. Zwiebeln möchte ich auch nicht. Zu fettig ist der Vorspeisenteller doch hoffentlich auch nicht?"

„Bestell' Dir doch einen grünen Salat ohne Möhren, ohne Knoblauch und ohne Zwiebeln, am besten auch ohne Dressing." Dankbar schaute Frank Frau HighHeels an, kaum noch fähig, seine Ungeduld zu beherrschen, denn er kannte keine Antipasti ohne Öl und ohne Knoblauch.

„Die Idee ist gar nicht schlecht, ich nehme einen grünen Salat."

So abrupt waren ihre Träume noch nie zerplatzt.

„Möchten Sie ihren Salat zur Vorspeise oder zur Hauptspeise ihrer Begleiterin?", wollte Frank mit leicht süffisantem Unterton wissen.

„Ich hätte den Salat gerne zur Hauptspeise, aber bringen Sie mir bitte Essig und Öl extra, die Dressings in Restaurants sind ungenießbar!"

„Noch ein Glas Champagner bitte und danach eine Flasche Chardonnay für mich mit einem Glas." Bei so einem Esspartner würde ich mich auch betrinken. Frank bewunderte Frau HighHeels' Contenance.

WeißeSocke schaute Frau HighHeels stolz und erwartungsvoll an.

„Ist dieses Restaurant nicht schön, es soll auch sehr lecker sein."

Nach der zehnten Geschichte von seiner Exfrau und den gemeinsamen Kindern, hörte Frau HighHeels schon lange nicht mehr zu. Sie langweilte sich unendlich. Ihr Blick schweifte ab. Sie beobachtete eine Fliege an der Wand, die sich gewissenhaft die Flügel putzte. Die Zeit schien stehen geblieben zu sein.

„Ihre Vorspeise", rief Frank sie in die Wirklichkeit zurück.

„Endlich, mir kam es wie eine Ewigkeit vor, aber das liegt sicher nicht an Ihnen." WeisseSocke überhörte ihre Bemerkung geflissentlich, denn seine ganze Aufmerksamkeit war auf den Kaviar gerichtet. Den Speichelfluss konnte er kaum unterdrücken.

„Wir teilen uns den Kaviar. Stellen Sie ihn doch in die Mitte und bringen uns zwei Teller dazu." Forderte er Frank auf, der fragend zu ihr schaute. Sie zuckte aber nur resigniert mit den Schultern.

Sofort langte WeißeSocke zu. Er packte sich eine ordentliche Portion auf seinen Teller und fing wortlos an zu kauen.

„Hab' ich es nicht gesagt, der Laden ist klasse." Ihr Blick war auf zwei Kaviareier fokussiert, die an seinen Lippen klebten. Loriot, dachte sie unwillkürlich, Loriot ohne Spaß. Was er sagte, drang kaum noch zu ihr durch.

„Nimm doch auch ein wenig von dem Kaviar, es schmeckt so gut."
Sie nahm lieber noch einen großen Schluck von ihrem Wein.
„Danke, aber mir ist gerade der Appetit vergangen, iss du nur."

Ihr Blick wanderte wieder zurück zur Fliege, die jetzt dabei war ihre immerhin sechs Beine, und das dauerte, zu putzen. Im Unterbewusstsein vernahm sie noch WeißeSockes Lamento: „...nur noch im Urlaub und jedes zweite Wochenende, es ist nicht leicht."

Plötzlich klingelte ein Handy, es klingelte und klingelte.

„Nun geh doch endlich dran!" Frau HighHeels wurde ungeduldig.

In diesem Moment krabbelte ein Mann wie ein dicker Käfer unter dem Tisch zwischen den zwei Beinpaaren durch. Hektisch griff Herr Deskjet unter dem Tisch nach seinem Handy um den Anruf ja nicht zu verpassen. „Hallo, hallo! Ah, auf deinen Anruf hab ich schon gewartet! – Hat sich schon erledigt. – Alles geklärt. – Ja, ich meld´ mich...“

Frau HighHeels beugte sich herunter, tippte mit ausgestrecktem Finger auf die Schulter von Herrn Deskjet. Ein aussichtsloser Versuch den Störenfried zu entfernen.

„Tut mir Leid, tut mir Leid. – Ich melde mich später.“

„Dürfte ich noch mal kurz...“ Er langte an ihren Beinen vorbei unter den Tisch und riss das Ladegerät aus der Steckdose. „Hätte beinahe vergessen, dass mein Handy hier ist.“, war sein missglückter Versuch sich zu entschuldigen. Nach einem kurzen angewiderten Blick auf die haarigen Beine von WeißeSocke, versöhnte er sich mit einem verzückten Blick auf die attraktivere, weibliche Variante auf der anderen Seite, bevor er sich mühsam hochrappelte. Sein Hemd war hinten aus der Hose gerutscht und präsentierte Frau HighHeels die hervor lugende Gesäßspalte. Herr Deskjet tauchte schnaubend auf. Das Gesicht puterrot vor Scham und Anstrengung.

Frau HighHeels konnte an diesem Abend nichts mehr erschüttern. „Ich gehe mich mal frisch machen.“ Sie schnappte sich ihre Handtasche. „Tschüss!“, war alles was ihr noch einfiel, dann machte sie sich auf den Weg zum Tresen. Dort bat sie Frank ihren Hauptgang abzubestellen, wenn es noch möglich wäre.

„Der ist schon fast fertig. Wollen Sie uns verlassen?"

„So schnell wie möglich."

„War denn etwas nicht Ordnung?"

„Machen **Sie** sich mal keine Sorgen."

„Verstehe. Den Hauptgang muss ich Ihnen dann aber mit auf die Rechnung setzen."

„Selbstverständlich!"

„Das macht dann 52,70."

„Hier sind 60, behalten Sie den Rest."
Frank überschlug sich fast vor Dankbarkeit. Die Rothaarige schaute missbilligend von ihrer Lektüre hoch.

Frau HighHeels würdigte ihrer verflossenen Hoffnung keinen Blick mehr. Er, der mit dem Rücken zur Tür saß, bekam ihren stolzen Abgang nicht mit.

Es klingelte aus der Küche. Frank servierte WeißeSocke den Salatteller mit separatem Essig und Öl. „Guten Appetit, der Herr."

„Und wo ist der Babysteinbutt?" WeißeSocke schwappte vor Empörung fast über.

„Der ist abbestellt worden."

„Wie, abbestellt? Was heißt abbestellt? Was meinen Sie mit abbestellt?" Seine Stimme steigerte sich zu einem Crescendo.

„Abbestellt und bezahlt. Ihre Begleitung ist gegangen." Frank flossen die Worte vor Genugtuung wie Champagner über die Lippen.

Bedächtig und mit Nachdruck legte WeißeSocke das bereits ergriffene Besteck wieder hin.

„Dann bringen Sie mir auch die Rechnung!"

„Das ist einfach: Zweimal Apfelschorle und ein grüner Salat, das macht 8 Euro 60 bitte."

„Wie, den Salat, den habe ich gar nicht angerührt, also zahle ich den auch nicht!"

„Ihre Begleitung hat selbstverständlich ihre bestellte Hauptspeise bezahlt. Sollte das Essen nicht in Ordnung sein, dann brauchen Sie es natürlich nicht zu bezahlen."

Kurzerhand steckte sich WeißeSocke ein Salatblatt in den Mund: „Schmeckt überhaupt nicht! Der Salat ist ja noch ganz sandig. Was kosten die zwei Apfelschorlen?"

...was es nicht alles gibt!

„Ich lade Sie auf ein Glas Sekt ein." Die Rothaarige langweilte sich. Frank fand diese Idee nicht gut.
„Kommt gar nicht in Frage, Sie bekommen einen Sekt
von mir." Damit die Rothaarige nicht alleine trinken
musste goss er auch für sich einen winzigen Schluck
ins Glas. Schließlich hatte er sich das verdient. Sie
stießen miteinander an. Dabei schielte er langsam
verzweifelt zum Bürotisch. Immer noch lagen ein paar
Champignons, Möhren und Paprika auf dem Vorspeisenteller. Drei Bestecke waren wahllos auf und um
den Teller drapiert. Gerade spießte Herr Deskjet eine
Möhre auf seine Gabel, legte aber beides wieder auf
dem Tellerrand ab, um sich einem kleinen nicht identi-
fizierbaren Gerät zu widmen. Er musste dringend ihre
Aufmerksamkeit aufs Essen lenken.
„Schmeckt's Ihnen denn?"
„Was?", fragte Herr Office seinen Bildschirm. Der antwortete nicht und Frank fühlte sich nicht gefragt.

Gleichzeitig klingelte das Telefon, Jens klingelte
auffordernd aus der Küche und zwei Frauen, behängt
mit etlichen Tüten, betraten das Restaurant. Die Vor-
dere ging forsch auf einen Tisch zu, versteckte das
Reserviertschild unter die Serviette und forderte ihre
verhuschte Freundin auf sich auch zu setzen. Die
Verhuschte schaute ängstlich auf Franks Rücken, der
sich dafür entschieden hatte, zuerst ans Telefon zu
gehen.

„Guten Abend, mein Name ist Schröder, ich habe da mal ein paar Fragen zu Ihrer Speisekarte."

„Gerne, aber haben Sie bitte einen kurzen Moment Geduld, ich muss gerade Essen an die Tische bringen, komme sofort zurück."

In der Küche nahm Frank sich die zwei Fischsuppen und eilte zum Schnöseltisch. Er wollte direkt zum Telefon zurückeilen, wurde aber von Frau Schnösel aufgehalten, die dringend eine Pfeffermühle brauchte, eine neue Serviette verlangte, die alte lag auf den Boden, und der Brotkorb war auch leer.

Eilig rannte Frank zum Telefon.

„Einen kleinen Moment noch," bat er Herrn Schröder, ohne auf eine Antwort zu warten und flitzte zu den beiden Damen: „Haben Sie reserviert?" Die beiden Damen schüttelten den Kopf. Frank deutete zum nächsten Tisch. „Der ist frei, ich komme dann sofort zu Ihnen."

Widerwillig erhoben sich die beiden Damen, behängten sich mit all ihren Taschen und Tüten und begaben sich ohne Begeisterung zu dem angewiesenen Tisch.

Wie gewünscht brachte Frank schnell eine neue Serviette, die Pfeffermühle und Brot zu Frau Schnösel.

Zurück am Telefon fragte er Herrn Schröder, was er wissen möchte.

„Lesen Sie mir Ihre Speisekarte vor!"

„Wir haben verschiedene Fisch-, Nudel- und Fleischgerichte, leider habe ich im Moment nicht die Zeit Ihnen alles vorzulesen."

„Haben Sie denn auch Leber?"

„Zur Zeit leider nicht."

„Was ist mit Nierchen?"

„Auch damit können wir nicht dienen."

„Was haben Sie denn überhaupt? Wenigstens Geflügel und vor allem etwas Vegetarisches für meine Freundin?"

„Ist das der einzige Tisch den Sie noch haben, der ist ja direkt neben der Toilette, nein der gefällt uns nicht!" Frau Forsch und Frau Husch, mit allen Tüten bewaffnet, standen hinter ihm und unterbrachen das Telefonat.

„Ja Geflügel haben wir verschiedenes und auch etwas Vegetarisches, sehr lecker," führte er unbeirrt das Telefonat fort.

Frau Forsch tippte Frank auf die Schulter: „Hallo Herr Ober, ich habe Sie gefragt, ob Sie noch einen anderen Tisch für uns haben!"

„Wann haben Sie denn Nierchen oder Leber auf der Karte und welche Nudelgerichte?" Beharrlich wollte Herr Schröder doch am liebsten die komplette Karte vorgelesen bekommen.

„Was hältst du denn von dem da drüben? Wir nehmen lieber den!" Gesagt getan. Die Frauen Forsch und Husch nahmen auch dieses Mal wieder an einem deutlich reservierten Tisch Platz. Stolz über ihre Eroberung schauten sie zu Frank. Sein entsetzter Blick und das energische Schütteln mit dem Finger ließ sie erschrocken wieder aufstehen. Brav wanderten sie weiter zum ersten Tisch.

„Wollen Sie einen Tisch bestellen, ansonsten habe ich jetzt wirklich keine Zeit mehr Herr Schröder."
„Können Sie mir nur noch schnell sagen, welche Weine Sie auf der Karte haben?"
„Wirklich, es geht jetzt nicht mehr, rufen Sie doch vor 18 Uhr an, auf Wiederhören!"

Schnell legte Frank auf, nahm einen ordentlichen Schluck aus dem Sektglas und flitzte zum Forsch-Husch-Tisch.
„Das tut mir aber wirklich leid, aber dieser Tisch ist für 21 Uhr vergeben."
„Dann haben wir ja reichlich Zeit. Wir wollen nur schnell was essen und sind auch ganz schnell wieder weg."
Seinem höflichen Protest, es kann aber knapp werden, Sie sehen doch wie voll es ist, die Küche hat viel zu tun, würgte Frau Forsch mit einer abwinkenden Geste ab: „Wir bestellen auch schnell."

„Guck mal, unser Tisch ist jetzt auch schon besetzt, da haben wir ja noch mal Glück gehabt."

Frau Forsch rieb zufrieden ihren Po in ihren Stuhl und zog ihre Schuhe aus. "Oh Gott, tun mir die Füße weh von unserem Einkaufsmarathon."

„Wir nehmen zwei einfache Salate mit Putenbrust und dazu zwei Gläschen Chardonnay."

„Gemischte Salate haben wir leider nicht, werfen Sie doch mal einen Blick auf die Karte, ich bringe Ihnen derweil schon mal den Wein."

Mit einem Blick auf den Bürotisch stellte Frank fest, dass sich die Lage immer noch nicht verändert hatte. Nur die aufgespießte Möhre war inzwischen verspeist.

„Herr Ober, der Wein korkt." Frau Forsch streckte ihm triumphierend ihr Glas entgegen.

Keine Diskussion mit den Gästen betete er in sich hinein, nahm das Glas entgegen, ging zum Tresen, drehte den Schraubverschluss von der Chardonnay Flasche auf, die nie einen Korken gesehen hatte, und goss ein neues Glas ein.

Die Rothaarige grinste und hob ihr Glas, um mit Frank anzustoßen. Der ließ sich nicht zweimal bitten und leerte sein zweites Sektglas. So langsam wurde ihm wohlig und warm ums Herz. Die Rothaarige war eindeutig an ihm interessiert, dieser Tag hatte sich voll und ganz zum Besten entwickelt. Der Job war ihm für mindestens sechs Wochen sicher und als Dessert hoffte er auf eine berauschende Nacht. Strahlend stellte er Frau Forsch den Wein vor die Nase.

„Ja, danke, der ist jetzt in Ordnung", entblößte Frau Forsch ihre Unwissenheit.

„Wir nehmen zweimal Penne al Arrabiata, das geht ja schnell, n'est-ce pas?" Sie zwinkerte Frank zu.

...auf der Flucht

Britta lag unbequem auf der linken Seite. Sie hatte alle möglichen Positionen durchprobiert.

Wie ein Walross hatte sie sich von links über den Bauch nach rechts gedreht. Der eingegipste rechte Arm drückte in ihre Rippen. Mist, das ging so gar nicht. Also zurück, wieder über den Bauch nach links. Da lag sie nun und malte sich die schlimmsten Szenarien aus. Sie überlegte fieberhaft, was sie machen könnte, um drohendes Unheil abzuwenden, das über ihrem Geschäft schwebte wie ein Gewitter, das sich auf einmal entlädt.

Sie wollte nichts wie hin, um zu retten, was noch zu retten war. Taxi fahren ging nicht.

Man hatte ihr zwar in zweistündiger, mühseliger Arbeit alle Splitter aus dem Hintern operiert. Der ganze Po brannte aber nach wie vor wie Feuer. Die Klamotten waren Blut- und Weinverschmiert, so konnte sie um keinen Preis Gäste empfangen.

Sie holte sich den Stadtplan vor ihr inneres Auge. Ihre Wohnung lag fast genau zwischen Krankenhaus und Restaurant. Anrufen und um Hilfe bitten ging auch nicht, sie hatte vor lauter Aufregung ihre Tasche im Restaurant vergessen. Kein Geld, kein Handy. Siedend heiß fiel ihr der Wohnungsschlüssel ein. Sie robbte sich bäuchlings quer zur Bettkante und schob langsam ihre Füße über die Kante. Dann drückte sie sich mit ihrem gesunden Arm langsam hoch. Ohne die halbe Pobacke zu belasten ging die ganze Prozedur nicht. Stehend wartete sie erst einmal bis der schlimmste Schmerz nachließ. Wie spät war es wohl? Auf wackeligen Füßen ging sie zum Schrank. Gott sei Dank, wie immer hatte sie den Schlüssel in der Hosentasche. Mehrmals ging sie von Schrank zum Bett bis alle Klamotten verstreut auf dem Laken verteilt waren. Dem Himmel sei Dank, dass ich mir nicht das Bein gebrochen habe. Britta schickte ein Stoßgebet gen Zimmerdecke. Nach zehn verschwitzten Minuten gab sie es auf, sich den BH alleine anziehen zu können. Scheiß drauf, dachte sie sich. Mit fest aufeinandergebissenen Zähnen wurschtelte sie sich in Unterhose und Hose. Das T-Shirt mit Hilfe der Zähne und der linken Hand über den gebrochen Arm ziehen kostete noch einmal Schweiß und Zeit. In die Sandalen konnte sie problemlos schlüpfen, ein weiteres Stoßgebet landete an der Zimmerdecke.

Sanft zog sie die Zimmertür auf, lugte nach links und rechts. Der Flur war gähnend leer. Aus dem Schwesternzimmer hörte sie gedämpft ein Radio einen alten Schlager spielen. Als sie unbehelligt auf der Straße stand schickte sie ihr letztes Stoßgebet, dieses Mal in den blauen Abendhimmel.

Auf dem Weg zu ihrer Wohnung ging sie Stück für Stück ihre Kleider durch. Ungefähr 80 Prozent fiel sofort aus der engeren Wahl. Zu kompliziert anzuziehen. Sie entschied sich für ein grünes gepunktetes

Sommerkleid, das einfach über den Kopf zu ziehen war. Langsam wurde ihr leichter ums Herz. Es wird alles gut gehen.

In der Wohnung entledigte sie sich der schmutzigen Hose und T-Shirt. Hatte sie nicht noch so einen Sport-BH? Sie kramte in der Schublade und zog aus der letzten Ecke einen schwarzen Soft-BH hervor. Ohne Ösen, ohne Haken. Perfekt. Das grüne Kleid drüber, fertig. Noch eine kleine Tasche mit Zahnbürste und Waschutensilien für das Krankenhaus packen und fix wie der Wind war sie auf dem Weg zum Restaurant.

Die Fenster waren hell erleuchtet, dahinter saßen ganz normal ihre Gäste, es herrschte weder Panik, noch sonst irgendwelche Missstände. Erleichtert ging Britta zum Hintereingang. Jens staunte nicht schlecht als Britta zur Tür reinkam.

„Haben sie dich raus gelassen?"
Auf blöde Fragen antwortete Britta grundsätzlich niemals.

...klein Karneval

Kreischendes Lachen aktivierte Britta. Sie rannte am verdutzten Frank vorbei. An einem SechserTisch hatte sich eine Gruppe mit drei Pärchen niedergelassen. Die Männer mittleren Alters, trugen teure, nicht zu extravagante Klamotten, aber auch nicht zu klassisch, die Frauen waren nicht geliftet, sondern tatsächlich viel jünger. Die kreischende Wortführerin war von oben bis unten in Tigermuster gehüllt, hauteng natürlich. Jedes Mal, wenn sie etwas sagte, jubelten die beiden anderen los. Dabei klapperten an der Einen, im Takt des Kreischens, massenhaft klirrende und blitzende Ketten auf dem eng anliegenden kleinen Schwarzen. Die dritte im Bunde mit einem Ausschnitt, der fast bis zum Rocksaum reichte, klopfte ganz unelegant mit den Händen auf den Tisch Beifall. So overdressed hätten sie besser ins Moulin Rouge gepasst.

„Wären Sie bitte so nett..." flüsterte Britta „...etwas leiser zu sein."

Britta fühlte sich wie eine Lehrerin, als sie versuchte, die außer Rand und Band geratenen Mädels zur Räson zu bringen.

„Dürfen wir nicht fröhlich sein, wir sind doch nur gut drauf", kreischte Tigerlilli. Brittas Trommelfell rebellierte. Die beiden Anderen quittierten die Bemerkung mit lautem Beifall.

„Das freut mich, wenn Sie Spaß haben, aber andere Gäste möchten sich gerne unterhalten können." Jetzt wusste Britta wieder, warum sie nie Lehrerin werden wollte.

„Wer hat das gesagt?", fragte Tigerlilli ohne ihre Lautstärke zu mindern und musterte vorwurfsvoll die Gäste an den anderen Tischen. Verstohlen schauten alle schnell weg.

In beschwörendem und provokantem Flüsterton plauderte Tigerliili unbekümmert weiter. Es war das lauteste Flüstern das Britta je gehört hatte. Auf dieses

Spielchen hatte sie keine Lust und entzog ihr die Aufmerksamkeit.

Lange hielt die Ruhe nicht an.

Schon hatte Tigerlilli wieder eine tolle Anekdote erzählt, denn das kleine Schwarze und die Ausschnittdame honorierten sie mit Tischgeklopfe und -geklapper und Kreischen.

„PSSSST." Zischte Tigerlilli so laut, als müsste sie einen neben ihr startenden Hubschrauber übertönen. „Wir sollen doch leise sein!", verhöhnte sie Britta gellend.

Großzügig ließ Britta ihr diesen Triumph, denn in diesem Moment brachte Frank das Amuse Bouche und einem großzügig gefüllten Brotkorb. Er verteilte die Häppchen an Tigerlillis Tisch und das stopfte ihnen damit vorläufig das Maul. Dazu floss der Wein in Strömen.

Genau die richtige Zeit für Herrn Wichtig. Herr Wichtig bekommt immer einen Tisch, er ist ja auch Herr Wichtig. Der kleine Herr holte tief Luft, bevor er eintrat. Kinn nach oben, Schultern etwas hinaufgezogen, macht er einen großen Schritt über die Türschwelle und schaute einmal über alle Gäste. Leider war kein ihm Bekannter anwesend, der ihn fröhlich hätte begrüßen können: „Mensch, Herr Wichtig, Sie habe ich ja schon lange nicht mehr gesehen!" Doch diese kleine Ego-Dusche blieb ihm verwehrt. Er machte ein paar weitere Schritte Richtung Tresen, als ihm auch schon Frank entgegeneilte. Herr Wichtig streckte ihm seinen Genussbauch entgegen, zuppelte an seiner Hose, die von bunten Hosenträgern gehalten wurde, und forderte echauffiert mit quäkender Stimme nach einem Tisch.

Über seine leicht schräg auf der Nase sitzende Nickelbrille schaute er Frank entsetzt an, als der bedauernd den Kopf schüttelte: „Sie wollen mir keinen Tisch geben?"

„Von Wollen kann hier keine Rede sein, aber Sie sehen doch: das Restaurant ist voll."

„Und was ist mit dem leeren Tisch da?"

„Der ist reserviert!"

„Wirklich???" Herr Wichtig rückte Frank auf die Pelle hob den Kopf und schaute ihn durch seine Nickelbrille scharf an. „Aber es zahlt doch mit Sicherheit gleich jemand." Ein prüfender Blick von Herrn Wichtig über alle Tische im Umkreis gab ihm allerdings keine Möglichkeit seine Forderungen zu untermauern. Weder Rechnungen noch Geldbeutel lagen auf den Tischen.

„Nein, glauben Sie mir", versuchte Frank Herrn Wichtig gramgebeugt, aber mit bestimmtem Unterton zu überzeugen.

„Herr Ober! Herr Ober!" Gleichzeitig wurde Frank von hinten am Hemd gezupft.

„Herr Ober", Frau Forsch erzwang sich damit seine Aufmerksamkeit, „haben Sie der Küche auch gesagt, dass es schnell gehen muss, außerdem sollen meine Nudeln nicht scharf sein!"

„Ach, Sie müssen schnell wieder weg?" Mischte sich Herr Wichtig wieder ein. „Na dann wird ja doch gleich ein Tisch frei, dann warte ich hier am Tresen".

Um Ruhe zu bewahren, holte Frank erst einmal tief Luft, dann wandte er sich an Frau Forsch:

„Erstens ist es die Natur der Nudeln al Arrabiata scharf zu sein und zweitens", er drehte sich wieder zu Herrn Wichtig um, „Sie können gerne am Tresen warten, aber auch dieser Tisch ist danach schon vergeben und es zahlt auch sonst niemand."

„Wenn ich nicht erwünscht bin, dann hätten Sie es mir gleich sagen können, Geld scheinen Sie auch nicht verdienen zu wollen." Jähzornig spuckte Herr Wichtig Frank seinen Verdruss mit einem abschließenden Satz entgegen: „Es ist jetzt schon das zweite Mal, dass ich mich auf den Weg zu ihnen gemacht und keinen Tisch bekommen habe! Noch einmal komme ich bestimmt nicht!" Er zupfte wütend an seinen Hosenträgern, drehte sich auf dem Absatz um und flüchtete aus dieser für ihn unwirtlichen Stätte.

„Dann möchte ich was Anderes bestellen als die Nudeln al Arrabiata", versuchte Frau Forsch Franks Aufmerksamkeit zu bekommen, der hatte aber auf dem Absatz kehrt gemacht und ging Richtung Küche, aus der Jens ausdauernd klingelte

Die Nudeln al Arrabiata dampften hier vor sich hin. Jens streckte den Kopf aus der Küche und winkte hektisch.

„Schnell ging es ja jetzt wie sie sehen, na dann Guten Appetit!" wünschte Frank den Damen Forsch und Husch und überlegte in sich hineingrinsend ob er gleich einen großes Glas Wasser zum Löschen bringen sollte.

Pünktlich um 20:45 Uhr, legte Frank ungefragt die Rechnung auf den Tisch von Frau Forsch und Husch.

„Oh, wir wollten doch eigentlich noch jede einen Espresso und einen Nachtisch mit zwei Löffeln, geht auch ganz flott. Wir haben doch noch 15 Minuten..."

Frank brachte den beiden ihre Espressi und den Nachtisch, ohne eine weitere Diskussion zu beginnen. Es war 21 Uhr und eine Minute. Die kurze Auseinandersetzung mit Herrn Wichtig reichte ihm erst einmal. Doch auch Diskussionen zu umgehen half nichts, denn eine jagte die nächste.

Auf die Minute, wie immer, erschienen Herr und Frau JedeWocheDa. Sie stutzte beim Vorbeigehen an <u>ihrem</u> Stammtisch und schaute die Eindringlinge strafend an.

„Oh! Sitzen wir heute an einem anderen Tisch", fragte sie Britta gekünstelt überrascht.

„Nein, nein, die beiden Damen zahlen sofort. Es tut mir Leid, nehmt doch noch kurz am Tresen Platz."

Frau Forsch und Frau Husch hatten mittlerweile ihre Espressi ausgeschlürft. Frau Forsch überprüfte die Uhrzeit: "Huch, jetzt haben wir doch schon zehn nach neun, lass uns gehen!"

„Herr Ober, wir wollen zahlen", trällerte sie.

„Die Rechnung liegt schon vor Ihnen", stimmte Frank in den Gesang mit ein.

„Getrennt bitte", sang sie zurück.

„Also ich zahle ein halbes Wasser. Den Chardonnay bekomme ich doch sicher aufs Haus, oder? Schließlich hat der erste Wein gekorkt. Noch dazu wurde meine Umbestellung nicht mehr akzeptiert. Die Nudeln waren noch schärfer als normalerweise, mir brennt jetzt noch die Zunge."

„Der Wein hat nicht gekorkt, er kommt aus einer Flasche mit Schraubverschluss und ihr Essen sollte schnell kommen und kam auch schnell."

„Versuchen kann man's doch mal." Verschmitzt lächelte sie ihn an und schlüpfte in ihre Schuhe.

...Spießrutenlauf

Die ersten Gäste hatten bereits ihre Vorspeisen aufgegessen und selbst Frau Schnösel und ihr SchnöselSohn waren soweit zufrieden, wenn man von Frau Mutters Kommentar absah, sie hätte zu Hause ein NOCH besseres Rezept für eine solche Fischsuppe.

Soll sie doch selber kochen! Obwohl, vielleicht hat sie ja auch nur ein besseres Rezept und kann gar nicht kochen. Frank kicherte vor sich hin. So langsam stieg ihm der Wein zu Kopf.

Der Bürotisch schien seine Vorspeisen eiskalt zu ignorieren. Der Vorspeisenteller war immer noch mehr als halb voll und die Bestecke lagen wie stählerne Brücken vom Tellerrand zum Tisch. Ein sicheres Zeichen für einen Kellner: ‚Die essen noch'

Herr Office hielt Frank auf, der mit den Hauptspeisentellern für andere Gäste bepackt, an ihm vorbeistürmte.

„Wie sieht's denn aus mit unseren Steaks? Kommen die heute noch?"

„Vergessen habe ich Sie nicht, aber Sie haben doch ihre Vorspeise noch kaum angerührt..."

„Ach die Vorspeise..." wiegelte Herr Office ab. „Bringen Sie uns die Steaks!"

„Darf ich dann schon abräumen?"

„Nein, das essen wir natürlich noch."

„BüroBüro kann dann weiter!", rief Frank in die Küche.

„Wo bleibt mein Reis, den ich bestellt habe?" Verdutzt blieb Frank neben Frau Schnösel stehen. Er war voll beladen. In seiner linken Hand hielt er den Teller, auf den er abgenagte Knochen und Bestecke geschoben bzw. gelegt hat. Auf dem Unterarm hat er noch drei weitere Teller gestapelt. In der Rechten balancierte er noch zwei weitere Teller.

„Aber sie wollten doch keinen Reis haben."

„ICH wollte keinen Reis, aber mein Sohn soll ihn haben, schließlich bezahle ich das komplette Menü, oder ziehen Sie etwa den Preis vom Reis ab?"

„Herr Ober!" Die fordernde Stimme von Dem Besen verhalf ihm die Diskussion um Reis, Kartoffeln ja, nein bezahlen oder nicht bezahlen, zu beenden. „Dann bringe ich ihnen gleich den Reis, dauert aber ein wenig."

Der Besen hatte beschlossen, den Vorfall mit dem Sektkorken zu vergessen und anstatt ihres Mannes nun Frank zu drangsalieren: „Sagen Sie mal, da ist etwas Undefinierbares in meinem Essen, schauen Sie hier." Mit der Gabel rollte sie ein kleines Kügelchen an den Tellerrand. „Sehen Sie das? Erschießen Sie das Gemüse?"

Umständlich, nach wie vor mit den Tellern belastet, die langsam und allmählich ihr Gewicht verdoppelten, beugte Frank sich runter, um das Stückchen genauer betrachten zu können, das den Missmut von dem Besen erregt hatte. Wie ein chinesischer Akrobat balanciert er die Teller aus, die ihm beim Betrachten beinahe vom Arm gerutscht wären.

„Das ist kein Schrotkorn sondern ein Pfefferkorn!"

„Ein ganzes Pfefferkorn? Hat der Koch denn keine Pfeffermühle? Das weiß doch jedes Kind, dass ganze Pfefferkörner Löcher in den Magen brennen!"

Ein verzweifelter und Hilfe suchender Blick Franks in die Runde stoppte sie nicht.

„Das hätten Sie mir vorher sagen müssen, Herr Ober. Ich habe sie schließlich nach allen, nach wirklich allen Ingredienzien gefragt."

Klack!

Ihr Mann schlug leicht mit der Gabel auf seinen Teller. „Korkenknall…" murmelte er ohne zu seiner Frau zu schauen, grinste dabei aber verschmitzt seiner Schwiegermutter zu. Er wuchs heute über sich hinaus. Seine Segel hisste der Pirat inzwischen auf einem Baggersee. Auflehnung, Verrat – der Besen war empört.

Um von der, wie sie gehofft hatte, vergessenen Peinlichkeit abzulenken, machte sie sich an die Arbeit. Scheinbar konzentriert fahndete sie nach jedem Pfefferkorn und rollte sie akribisch an den Tellerrand.

Verwundert schauten die Eltern ihren Schwiegersohn an, der provozierend langsam und ausgiebig an einem Knochen seines Lammkarrees knabberte.

Durch die inzwischen vierfach so schweren Teller fing Franks Arm an zu zittern.

Vorsichtig lavierend zwängte er sich an den Tischen vorbei, wurde jedoch gleich am ersten Tisch gestoppt.

„Essig und Öl, bringen Sie mir doch bitte noch Essig und Öl."

„Kellner, die Artischocken im Essen sind so heiß."

„Das tut mir leid." Nickte er der Dame zu. *Soll sie halt warten bis sie kühler sind!*

„Hallo, Ober, können Sie den Leuten am Nachbartisch sagen, dass sie weniger rauchen sollen, danke."

„Wird gemacht!" *Sagt's ihnen doch selber.*

Schweiß brach ihm aus und bildete kleine Bächlein, die von seiner Stirne über die Wange liefen. Die Teller hatten jetzt ein Gewicht erreicht, das seinen Arm gefährlich belastete. Langsam senkte sich der Arm immer weiter nach unten und er konnte die Teller nur mit größter Kraftanstrengung und Konzentration in Balance halten.

„Meinen Teller können Sie auch gleich mitnehmen, darf ich?" Und schon stand ein weiterer Teller auf seinem Arm. *Hilfe!*

„Herr Kellner, wir hätten gerne noch etwas Brot."
„Kommt sofort!" *Euer Brotkorb ist doch noch fast voll!*

„Herr Ober hier zieht's! Können Sie vielleicht mal das Fenster zumachen, bitte?"
„Außerordentlich gerne." *Kannst dafür meine Teller halten!*

Frank wurde es schwindelig. Alles kreiste, alles tanzte. Mit letzter Kraft konzentrierte er sich auf den Fußboden. Er lief so schnell es elegant möglich war mit seiner Last Richtung Küche. Der Weg hatte sich auf Kilometer verlängert.

Frank düste an der Rothaarigen vorbei, ging in die erste Kurve dann in die zweite Kurve zur Küche und setzte mit einem erleichterten Aufseufzen die Teller auf die Spüle. Ali, hilfsbereit wie immer, räumte die Teller für ihn weg. Mit zitternden Händen goss Frank sich zur Belohnung unbemerkt von Britta erst einmal einen Grappa ein. Ah, das tat wirklich gut.

Fenster schließen, Brotkorb füllen, was war es noch gewesen? Frank schaute in die Runde. Ach ja, Essig und Öl.

...und du bist raus

The show must go on. Mit den drei Portionen Rumpsteak stand Frank vor den drei Büroherren. Der Vorspeisenteller hatte inzwischen Wurzeln geschlagen. Immer noch stand er an der gleichen Stelle, eingequetscht zwischen den drei Laptops, Papieren und anderweitigen Gerätschaften.

„Drei mal das Rumpsteak, bitte."

Einen kurzen Moment blieb er erwartungsvoll stehen, doch keiner der drei Herren rührte sich oder machte Anstalten die Laptops wegzupacken.

„Könnten sie vielleicht ein bisschen Platz machen? – Bitte!" Forderte Frank mittlerweile mit Nachdruck.

„Warten Sie einen Moment, ich muss erst noch abspeichern", fertigte Herr Office Frank ab.

Aus der Küche klingelte es auffordernd. Dampfend wartete dort das Essen für andere Gäste. In seiner Not stellte Frank vorsichtig den ersten Teller ganz an den Rand des Tisches ab. „Passen Sie bloß auf!"

„Aber irgendwohin muss ich die Teller doch hinstellen."

„Na ja, hier hin!" Herr Business zeigte ohne hinzugucken auf den einzigen freien Quadratzentimeter auf dem Tisch, während er konzentriert seinen Bildschirm fixierte.

„Nehmen Sie das noch mit, das brauchen wir nicht mehr!" Herr Deskjet nahm einen Haufen DinA4-Blätter vom äußersten Tischrand und schob sie Frank unter den Arm. „Und schon haben wir Platz."

Unwillig stellte Frank auch die zwei anderen Teller an den frei gewordenen Tischrand. Eines der vielen Handys begann im Vibrationstakt über den Tisch zu wandern. Herr Office fing das Handy ein und sprang auf: „Hallo... Moment, ich gehe erst mal raus. Hier ist es so laut, ich kann gar nichts verstehen." Er verließ das Lokal und sein warmes Essen.

...die Zimmertemperatur steigt

Wie die sieben Zwerge marschierten im Gänsemarsch eine Gruppe junger Leute ins Restaurant, ein bunt gemischter Haufen von vier Frauen und zwei Männern wie sie unterschiedlicher kaum sein könnten.

Vorneweg ein gut aussehender Kaugummi kauender Südländer mit einer Sonnenbrille von Lucci auf die gegelten Haare geschoben. „Wir haben einen Tisch für vier Personen bestellt, ist es der da hinten?" Ohne auf eine Antwort zu warten zog er mit der ganzen Gefolgschaft an Britta vorbei. Mit Ihren dünnen rot bestrumpften Storchenbeinen klapperte eine Frau in neueste Mode gekleidet hinter ihm her, gefolgt von einem schlurfenden etwas dicklichen kleinen Mann mit einem blassen Mondgesicht und einem Jutebeutel, der an seinem Arm baumelte.

Britta zählte mit: 1, 2, 3, ... Die nächste etwas vollschlanke Frau, in ein weites, die Figur verdeckendes Kleid gehüllt, blieb abrupt vor ihr stehen.

Hinter ihr kamen, nahe aneinandergeschmiegt, Händchen haltend, noch zwei „Mädels". Beide hatten lange strähnige Haare undefinierbarer Farbe, trugen Sweatshirts, die farblich nahtlos in die Haarfarbe übergingen. Sie waren gezwungen, ihre sonst untrennbare siamesische Einigkeit aufzugeben, um nicht auf ihre Vorgängerin zu prallen, umschifften diese gekonnt, fassten sich wieder an den Händchen und schwebten hinter der Gruppe her. Fünf, sechs, na das wird ja heiter, sechs statt vier Personen.

„Was haben die denn da auf dem Teller? – Können Sie das empfehlen? Es sieht alles so lecker aus. – Oder haben Sie heute eine besondere Spezialität auf der Karte?" Die Vollschlanke wollte Britta beharrlich eine Antwort entlocken, die beobachtete aber voller Sorge wie Lucci kurzerhand den Nachbartisch zu seinem Tisch zog. Die Frau, die kurz zuvor an diesem Nachbartisch Platz genommen hatte, stand gerade vor der Tür, um zu rauchen. Nur die Zigarettenschachtel auf dem Tisch markierte diesen als schon in Besitz genommen.

Zufrieden mit seiner Tat setzte sich Lucci an den herangezogenen Tisch. Sein Freund Mondgesicht packte seinen Jutebeutel aus. Er stellte zwei Gefrierdosen und eine kleine, mit weißer Flüssigkeit gefüllte, Flasche liebevoll vor sich ab.

Die Besitzerin des Tisches stand, wie aus dem Nichts, vor ihnen. Die Fäuste auf die Hüften gestützt, musterte die Beiden angriffslustig.

„Was machen Sie an mit meinem Tisch?"

Sie zerrte etwas hilflos an ihrem Tisch, um ihn wieder an seine ursprüngliche Position zu bringen. Ihre Bemühungen blieben aber gänzlich ohne Erfolg, denn Lucci dachte gar nicht daran, seine Eroberung wieder aufzugeben und hielt den Tisch krampfhaft fest.

„Wir haben einen Tisch für 4 bestellt, sind jetzt aber unerwartet doch mehr geworden", versuchte er sich zu rechtfertigen.

„Das ist mir völlig egal, schließlich habe ich schon an dem Tisch gesessen und wenn Sie mit mehr Leuten kommen als bestellt, dann ist das Ihr Sache und nicht meine."

Alle schauten erwartungsvoll die heraneilende Britta an, die es geschafft hatte, sich an der Vollschlanken vorbei zu quetschen.

Mit all ihrer Autorität schaute sie Lucci strafend an, der, kleinlaut geworden, den Tisch losließ. Durch die Kraft, die durch das Ziehen von der anderen Seite freigesetzt wurde, flog der Tisch geradezu an seinen angestammten Platz zurück. Krachend fielen die Gefrierdosen auf den Boden. Die Flasche hatte Mondgesicht gerade noch festhalten können. Mondgesicht stöhnte auf. Die Vollschlanke, die sich gerade dazu gesellte hob die Dosen auf und stellte sie vor Mondgesicht. „Hier dein Fraß!"

„Bringen Sie uns noch einen Tisch", bestellte Lucci bei Britta, die bedauernd mit den Schultern zuckte.

„Ich kann keinen Tisch aus dem Hut zaubern. Aber so dramatisch ist das gar nicht, der Tisch ist groß genug für sechs Personen. Mein Kollege bringt Ihnen sofort noch zwei Stühle."

Gesagt getan, arrangierte sich die Gänsemarschtruppe noch etwas unwillig um die Tafel. Nur die SiamesischenZwillinge quetschten sich gerne an das Ende des Tisches.

„Ich hätte gerne eine Apfelschorle, aber in Zimmertemperatur – in Zimmertemperatur", unterstrich StorchBein ihre Bestellung bei Frank.

„Entschuldigung, aber wir haben die Apfelschorle schon gekühlt."

„Wissen Sie", sagte sie spitz und verdrehte ihre Augen, „in anderen Restaurants hätte man freundlich genickt und mir sofort eine Apfelschorle in Zimmertemperatur gebracht. Haben Sie denn keine Kaffeemaschine? – Damit können Sie doch heißes Wasser herstellen! Füllen Sie einfach ein wenig heißes Wasser ins Glas danach die Apfelschorle und schon hat sie Zimmertemperatur. So, jetzt wissen auch Sie wie das geht. Also bitte sehr."

Frank schluckte. Dieser Vorwurf blieb ihm wie ein dicker Frosch in der Kehle stecken.

„Einen Milchkaffee bitte noch." Mondgesicht streckte Frank sein Fläschchen entgegen. „Sie haben sicher keine Sojamilch, darum habe ich welche mitgebracht."

„Wir nehmen auch noch Wasser in Zim-mer-tem-pe-ra-tur," rief StorchBein Frank hinterher.

„Vielleicht trinken aber andere lieber kaltes Wasser, es geht nicht immer nur nach deiner Nase!" Lucci hatte richtig Lust auf Streit.

„Warum habt ihr euch eigentlich getrennt, ihr streitet wie ein altes Ehepaar," spottete die Vollschlanke.

„Haben Sie auch trockenen Rotwein?" erkundigte sich Lucci, als Frank mit kaltem Wasser und Apfelsaftschorle – in Zimmertemperatur – zurückgekehrte.

„Ich möchte auf jeden Fall die Champignons!" unterbrach StorchBein.

„Kannst du nicht warten bis alle wissen was sie essen wollen?"

„Nö, ich habe Hunger und bis ihr euch alle entschieden habt bin ich verhungert. Bringen sie mir die Champignons, sofort!"

In Zimmertemperatur, hätte Frank am liebsten gefragt. „Hat sonst noch jemand einen Wunsch?"

Alle schüttelten den Kopf.

„Herr Ober, Herr Ooober, das Steak ist ja ganz kalt!!"

Das Telefonat von Herrn Office hatte gut eine halbe Stunde gedauert. Deskjet und Business hatten ihre Steaks längst verputzt.

Es steht schon eine halbe Stunde auf dem Tisch, natürlich ist es jetzt kalt, konfrontierte Frank ihn mit der Tatsache, dass Essen nun mal kalt wird, wenn es nicht sofort gegessen wird.

„Als guter Kellner hätten Sie sehen müssen, dass ich zum Telefonieren raus gegangen bin."

„Das habe ich gesehen, aber was nützt das bei einem Steak?"

„Machen Sie es einfach warm, in der Mikrowelle oder wie auch immer, kalt esse ich es auf KEINEN Fall." Blasiert winkte er Frank mit der rechten Hand weg, mit der linken folgte er schon wieder seinem vibrierenden Handy.

Frank biss die Zähne zusammen und rauschte mit dem Steak in die Küche.

„Was soll ich das?!? Noch mal braten??" Voller Entsetzten schaute Jens auf den Teller mit dem eiskalten Rumpsteak.

„Mach' es – bitte!", quengelte Frank und verschwieg lieber die Bemerkung mit der Mikrowelle. Die Ehre des Koches zu verletzen wäre das AUS für diese Bitte gewesen.

„Aber nur ganz kurz, nur damit es wieder warm wird". Jens wollte dieses Sakrileg sofort hinter sich bringen, doch sein Tatendrang wurde von Frank gestoppt: „Halt, halt, erst wenn der Office zurück ist, er steht schon wieder draußen und telefoniert."

„Sag mir Bescheid, denn sonst muss ich es heute noch 5 Mal braten und dann ist es Steinkohle."

Nachdem Herr Office fertig telefoniert hatte, dieses Mal überraschend kurz, servierte Frank ihm die zähe Schuhsohle, wie es Jens formuliert hatte. Schon beim ersten Bissen bestätigt sich diese Beurteilung.

„Das ist ja zäh wie eine Schuhsohle, so was bieten Sie mir an." Herr Office war empört.

„Sie wollten es doch noch mal gebraten haben, ich habe ihnen gleich gesagt, dass es dann zäh wird." Mittlerweile war Frank zickig geworden.

„Ich habe ein Rumpsteak bestellt und keine Schuhsohle, also machen sie mir einfach ein neues und bringen noch eine Flasche Wein!" Zärtlich streichelte Herr Office seinen Hasso und wedelte mit der ‚Schuhsohle' vor seiner Nase herum. Hastig schnappte Hasso nach dem Steak, damit es ihm auch keiner wieder wegnehmen konnte. Sein Traum war wahr geworden.

...eins, zwei, drei

Mondgesicht wippte mit dem Stuhl und schaute zufrieden in die Runde.

StorchBein hatte ihren Stuhl weit vom Tisch geschoben, sodass sie ihre graziös übereinander geschlagenen Beine voll zur Geltung bringen konnte. Nicht einmal der magersüchtigste Kellner könnte an ihr vorbeikommen. Voll bepackt mit Brotkörbchen und Getränken musste der normalgewichtige Frank schon dem wippenden Stuhl von Mondgesicht ausweichen. Jetzt stand er verzweifelt neben StorchBein. Sie rückte einen Zentimeter nach vorne.

„Ich hab die eingelegten Champignons", kreischte sie dabei. Frank hätte sich gerne die Ohren zu gehalten. Er verteilte alles auf den Tisch und betrachtete missbilligend die Gefrierdosen. „Ich bin Veganer", verteidigte sich Mondgesicht, als er Franks Blick sah. „Wenn ich mit meinen fleischfressenden Freunden essen gehen will, bin ich gezwungen mein eigenes Essen mit zu bringen. Sie haben sicher keine Sojafrikadellen oder Tofu-Wurst." Begeistert klappte er die Gefrierdosen auf in denen undefinierbare braune Dinger lagen. „Ich brauche nur einen Teller mit grünem Salat und Essig und Öl."

„Wir möchten eine Suppe auf zwei Tellern verteilt, danach nehmen wir den Thunfisch", bestellten die SiamesischenZwillinge als letzte. „Auch auf zwei Teller verteilt und bitte schon entgrätet und der Koch soll auch den Kopf abschneiden." Beide schüttelten sich gleichzeitig bei der Vorstellung etwas essen zu müssen, was sie aus leblosen Augen anstarren könnte.

„Hab's gehört, Thunfisch ohne Kopf und Gräten", grinste Britta Frank entgegen.

„Stell' dir vor...", fantasierte Frank und wischte sich theatralisch den nicht mehr vorhandenen Schweiß von der Stirne, „...wir tragen zu viert einen riesigen Teller mit einem Thunfisch darauf, drei rechts, drei links, wie Sargträger bei einer Beerdigung." Britta sah es direkt vor sich. In schwarze Smokings gekleidete Sargträger, die mit hohen Zylindern, die kerzengerade auf den Häuptern saßen, würdevoll durchs Restaurant schritten. Von zwei Trompetern bis an einen enormen Tisch begleitet, an dem zwei Riesen ihr überdimensional großes Besteck in den toten Fisch stießen und ihn mit Kopf und Knochen komplett verspeisten.

Der Veganer mit eigenem Essen war Britta inzwischen auch schon wurscht. Sie sehnte sich nach einem Stuhl, nur kurz mal ausruhen, aber ihr pieksender Hintern verbot von selbst jeden Gedanken daran. Soweit lief ja alles gut. Sie träumte sich in ihr Krankenhausbett. Noch ein Viertelstündchen, dann konnte sie getrost wieder weg.

Nur noch kurz zum Familientisch zum Smalltalk mit ihren alten Stammgästen.

Am Gänsemarschtisch rückte Mondgesicht seinen Stuhl zurück um aufzustehen, und packte dabei entsetzt in ein klebriges Kaugummi, das vor noch nicht allzu langer Zeit in Luccis Mund gewesen sein musste. Dieser, notorischer Sonnenbrillenträger und mobile Parfümerie, schob sich gerade das nächste Kaugummi in den Mund, was in kürzester Zeit sicher wieder unter einem Stuhl kleben würde.

Auf dem Weg zur Toilette hatte auch Mondgesicht seine liebe Not, sich an StorchBein vorbei zu quetschen. Den einen widerwillig aufgegebenen Zentimeter hatte sie sich inzwischen wieder doppelt zurückerobert.

Als er zurückkam, brachte Frank gerade die Vorspeisen.

„Ich hab die Champignons!"

Frank, alle Arme voll mit Tellern, musste wieder an StorchBeins Stuhl stoppen. Aber dieses Mal bekam er tatkräftige Unterstützung von Mondgesicht. Beherzt rückte er StorchBein samt ihrem Stuhl an den Tisch, die natürlich wie immer kreischte: „Was machst du denn da? – Sind das meine Champignons?" Frank wünschte sich Ohropax für seine Ohren.

Zielstrebig quetschte er sich an StorchBeins Stuhl vorbei und verteilte die mitgebrachten Essen an die jeweiligen Gäste.

Nur noch mit dem Suppenteller in der Hand stand er bei den SiamesischenZwillingen. „Vorsicht, heiß und fettig", versuchte Frank auf sich aufmerksam zu machen, doch keine der beiden zeigte die geringste Bereitschaft, sich auch nur einen Millimeter zu bewegen. Umständlich und gezwungenermaßen nicht gerade professionell, hob er den Teller über ihre Köpfe. Doch auch das Abstellen selber gestaltete sich als schwierig: direkt vor den beiden lagen ihre beiden Löffel, die Servietten und zwei Handys. Auf ihre Ellenbogen gestützt tuschelten sie wie zwei kleine Gören. Unerwartet kam Hilfe von StorchBein, die von Hunger geplagt nicht länger warten wollte. Beherzt räumte sie alles an die Seite und schubste mit der anderen Hand die beiden Ellenbogenpaare vom Tisch. „So!" sagte sie zu den verdutzten SiamesischenZwillingen, „Jetzt können wir endlich anfangen zu essen."

„Haben sie nicht gesehen, dass der Wein alle ist, bringen sie noch mal einen halben!" orderte Lucci, der statt einer Vorspeise ein weiteres Kaugummi in den Mund steckte.

Die Vollschlanke schielte auf alle anderen Teller, um sicher zu gehen, dass sie selbst die beste Vorspeise ausgewählt hatte. Lediglich für eine interessierte sie sich brennend: „Kann ich mal probieren?" StorchBein schüttelte energisch den Kopf.

Alle aßen, es war Ruhe eingekehrt.

Frank hätte sich liebend gerne zu seiner rothaarigen Eroberung gesetzt. Sie genoss alles sichtlich. Bewundernd beobachtete sie Frank, wie er mit allem fertig wurde. Um den Kontakt zu ihr nicht ganz zu verlieren, stieß er immer mal wieder mit ihr an. Er hatte sich eine neue Flasche aufgezogen. Genussvoll ließ er den Rotwein in seinem Mund kreisen. Britta übersah es geflissentlich, denn ohne Frank wäre sie aufgeschmissen gewesen.

„Hallo Ober, noch eine Flasche Wasser!" Die Ruhe wurde von Lucci unterbrochen.

„Ich hätte gerne noch eine Portion von dieser Vorspeise." Die Vollschlanke zeigte auf die begehrte Alternative zu ihrem Gericht.

„Ich brauch' gar nicht bei dir probieren. Ich kann mir das auch selber bestellen." Bemerkte sie süffisant zu StorchBein. „Bringen Sie mir einen Espresso zwischendurch."

Luccis Vorspeise bestand aus Kaugummi mit Espresso.

Frank brachte den Espresso.

„Au ja, einen Espresso nehme ich auch", fiel es Mondgesicht erst jetzt ein, aber bitte ohne Zucker.

„Hat noch jemand eine Wurst... äh, einen Wunsch?", fragte Frank, während er sich wieder an StorchBein vorbei drückte.

Keiner hörte zu.

„Wo ist denn der Kellner schon wieder hin? Ich wollte doch noch 'nen zweiten grünen Salat zu meiner Tofu-Wurst bestellen." Mondgesicht drehte sich suchend um. Frank war schon außer Sichtweite, also machte er sich auf den Weg zum Tresen.

„Unsere Hauptspeisen dauern jetzt etwas länger wegen der nachbestellten Vorspeise. Aber das macht euch ja sicher nichts aus", teilte er seinen Freunden noch im Stehen mit. Keiner beachtete ihn, denn alle beobachteten einem Mann hinter ihm, der seine langen schlaksigen Armen in die Luft warf. Er fuchtelte und schlenkerte sie wie ein Gorilla, der leicht durchgeknallt eine Artgenossin auf sich aufmerksam machen will. Er schnipste laut mit den Fingern Frank herbei und bestellte noch im Stehen einen Espresso und ein Bier. Stühle wurden laut kratzend über den Boden geschoben und der Schlaks und seine Freundin nahmen Platz. „Bringen Sie auch gleich die Weinkarte!", bellte er hinter Frank her.

StorchBeins Freiraum hatte sich bis auf das Minimalste beschränkt. Eingequetscht und in ihrem Monolog unterbrochen, musterte sie den Eindringling mürrisch.

Schnips, Schnips, „Wo bleibt denn das Bier?"
Schnips, Schnips, „Wo bleibt denn der Espresso?"

Frank kam gemessenen Schritts mit Bier und Espresso zum Schlaks und fragte, ob sie schon gewählt hätten.

„Was muss denn weg?", fragte der Schlaks. Sie müssen weg, dachte Frank und trat sich, um nicht zu schreien, auf den Fuß.

„Ach, vergessen Sie's. Wir nehmen einen halben Liter Weißwein, noch ein Bier und die Vorspeisenplatte, danach ein Steak und das Hühnchen! – Ach ja, und bringen Sie auch noch einen Espresso!"

Am Gänsemarschtisch versuchte Mondgesicht sich in freundlicher Kommunikation mit StorchBein. „Wie waren denn deine Champignons?"

Von ihr kam keine Reaktion. Ganz damit beschäftigt sich wieder mehr Platz zu beschaffen, beäugte sie mit bösem Blick den Schlaks.

Mondgesicht wendete sich jetzt Lucci zu, der auf seinem Kaugummi mit Waldmeistergeschmack herumkaute. Selten zu bekommen, wie er beteuerte.

Wie magisch angezogen ging der Blick von Mondgesicht zurück zu dem gerade wieder laut schnipsenden Schlaks: „Ein Bier und einen Espresso habe ich gesagt!"

Schnips, Schnips, „Wo bleibt denn die Vorspeise?"

Gleichzeitig ertönte ein Klingeln aus der Küche.

„Wie gewünscht, schon da." Frank stellte die Vorspeise vor dem Schlaks ab.

„Ja, ja schon gut, labern Sie nicht, bringen sie lieber noch ein Bier."

Eine Versammlung verschluckter Frösche feierte eine trockene Party in Franks Hals.

Schnell stellte er noch die nachbestellte Vorspeise vor die Vollschlanke. Er folgte dem angeekelten Blick von Mondgesicht zum Schlaks. Unbewegt, nicht fähig wegzuschauen, beobachtete er, wie es möglich ist, sich kauend und schmatzend zu unterhalten. Ein undefinierbarer Brocken fiel dem Schlaks aus dem Mund. Angewidert, doch wie magisch angezogen, beobachteten sie die Szene.

Noch bevor Frank sich von dieser Szene losreißen konnte, drehte der Schlaks sich um und maulte ihn, noch mit Essen im Mund, an. „Die Vorspeise schmeckt nicht, räumen Sie ab." Um seinem Missmut Nachdruck zu verleihen, schnipste er auffordernd in die Luft.

Schnell machte sich Frank an seine Arbeit. Auch Mondgesicht drehte sich entschlossen zu Lucci um – bloß nicht mehr hinschauen. Sein Appetit war ihm völlig vergangen. Auch StorchBein war seit der Ankunft vom Schlaks mehr oder weniger verstummt. Unruhig rutschte sie auf ihrem Stuhl hin und her.

„Wie waren denn deine Champignons?" Versuchte Mondgesicht es noch einmal, um sie abzulenken.

„Danke gut, aber..." abrupt drehte StorchBein sich zu dem Schlaks um: „Nehmen Sie gefälligst Ihre Füße vom Stuhl!" Der hatte es sich gemütlich gemacht. Direkt neben StorchBein hatte er seine Füße, die in schmuddeligen Slippers steckten, auf einen leeren Stuhl gelegt. Ein muffeliger Geruch wehte über den

Gänsemarschtisch, ein Gemisch aus Leder, Käse und Hundekot.

Provozierend langsam und sichtlich widerwillig stellte der Schlaks seine langen Beine wieder unter den Tisch.

...und du bist raus

Britta bereute so langsam, dass sie aus dem Krankenhaus geschlichen war, besonders als ein strahlender Mann auf sie zukam und lauthals grüßte: „Halloooo, wie geht's dir?" Er legt seinen Arm um ihre Schultern und drückte kumpelhaft zu. „Zu dir komm ich am liebsten. Was hast du denn heute Schönes auf der Karte?"

„Das freut mich sehr, dass **Sie** gerne zu uns kommen." Log Britta ihm frech ins Gesicht und wurde sofort dafür bestraft. Wie eine willenlose Puppe hielt er sie fest umarmt und drückte ihr auf jede Wange einen lauten Schmatz. Wenn sie sich doch nur weiter zurückbeugen könnte, aber sie fürchtete, das sähe obszön aus, so Becken an Becken gedrückt. DuKumpel entdeckte neben dem Gänsemarschtisch seine wartende Freundin und ließ Britta abrupt los.

So plötzlich aus der Umklammerung erlöst, knickten Britta die Knie weg. Wahrscheinlich wirkten auch die Medikamente nach. Sie stützte sich am Tresen ab und blieb kurz tief durchatmend stehen. Vielleicht brauchte sie auch nur was zu essen und wo konnte man das besser finden als in einer Küche.

Sie schwankte wie betrunken in die Küche und wollte Jens gerade berichten, dass „DuKumpel" mal wieder da sei, als ihnen eben jener durch die Durchreiche entgegenstrahlte: „Was habt ihr denn heute Tolles gekocht?"

„Fischstäbchen." Jens verzog keine Miene.

„Na du bist mir ja einer!" Lachend zog DuKumpel von dannen.

Britta hatte ihn fast wieder verdrängt. Er war nur drei-viermal im Jahr hier, aber so einen komischen Kauz merkte man sich.

„Ich wette mit dir, erst fragt er dir und mir Löcher in den Bauch, was er essen soll," flüsterte Jens Britta zu – „und dann bestellt er sicher", führte Britta prompt den Satz weiter und imitierte DuKumpel: „Wie immer zuerst Salat, aber bitte nur mit Tomaten und Zwiebeln, Dressing separat und Lammkoteletts nur einmal kurz in die Pfanne geschmissen, ohne Pfeffer, aber viele Kartoffeln dazu. Die Böhnchen aber ohne Speck."

Mit drei der fünf Essen für den Gänsemarsch stand Frank hinter DuKumpel, der erst einmal seine Bekannte umarmte und küsste. Es war kein Vorbeikommen. „Räusper", versuchte Frank sich diskret bemerkbar zu machen.

„Sorry, habe Dich gar nicht bemerkt." Überschwänglich freundlich und jovial klopfte DuKumpel ihm auf die Schulter und ließ ihn vorbei. Das Klopfen, eher ein Stoß, beförderte Frank mit einem Satz vor den Gänsemarschtisch. Noch im Schwung stellte er die von der Vollschlanken bestellte Gänsekeule vor ihr ab.

„Das ist aber meine Entenkeule." StorchBein zog habgierig den Teller ohne viel Federlesen zu sich rüber.

„Nein, das ist die Gänsekeule!", protestierten Frank und die Vollschlanke gleichzeitig.

„Es sieht aber aus wie eine Entenkeule!", beharrte sie auf ihrer Meinung.

Auch die Kaninchenkeule für Lucci wurde kurzerhand zu einer Entenkeule deklariert. StorchBein langte über den Tisch, um sich nun dieses Essen unter den Nagel zu reißen.

„Das ist eindeutig meine Kaninchenkeule, kannst du nicht mal abwarten bis dein Essen kommt."

„Ja, und wo ist mein Essen", vorwurfsvoll schaute StorchBein Frank an.

„Soll er deinen Teller auf dem Kopf balancieren?" Machte sich Lucci über sie lustig.

„Aber, aber... mein Essen", klagte sie kleinlaut geworden.

„Haben Sie dem Koch auch gesagt, dass wir auf keinen Fall den Kopf am Fisch haben möchten!", schalteten sich jetzt die SiamesischenZwillinge in das Gespräch ein.

Schnips, schnips, „Wo ist unser Essen!" Machte sich der Schlaks wieder bemerkbar. Frank ignorierte ihn eiskalt. Zuerst die restlichen Essen für den Gänsemarschtisch bringen. Er stellte den Fisch vor die SiamesischenZwillinge.

„Vielleicht ist **das** deine Entenkeule", Lucci liefen vor Lachen die Tränen runter.

„Halt den Mund", giftete StorchBein zurück.

Als auch endlich StorchBein ihr Essen vor sich stehen hatte, schaute sie dieses enttäuscht an: „Das soll meine Entenkeule sein? Die ist ja sooo klein. Da ist ja noch die Haut dran, viel zu fettig, und hier, iih da steckt ja noch ‚ne Feder drin! Salzkartoffeln mag ich auch nicht." Gierig schaute sie die Gänsekeule von der Vollschlanken an. „Ich mag lieber so eine Gänsekeule haben. Die ist mit Spätzle. Ich will auch Spätzle!"

„Ich finde, deine Entenkeule sieht lecker aus!" Lucci beugte sich über den Tisch, griff beherzt nach ihrem Teller, stellte ihn zufrieden neben seine Kaninchenkeule und begann genüsslich zu probieren. Vorher klebte er das Kaugummi, welches er sich gerade in den Mund geschoben hatte, dieses Mal unter den Tellerrand und nicht unter den Stuhl, um es später weiter kauen zu können.

„Herr Ober, Herr Ober", rief StorchBein, „ich möchte sooo eine Gänsekeule mit Spätzle. Geht ja sicher auch ganz schnell, nicht wahr? Ich habe nämlich einen Bärenhunger!"

„Ich werde sehen was ich tun kann, aber zwanzig Minuten wird es mindestens dauern."

„Was? So lange?" – StorchBein war entsetzt. Kurzerhand langte sie quer über den Tisch.

„Gib mir meinen Teller zurück! Iiiihhhhh!" Angeekelt zog sie ihre Hand zurück. Ein dünner klebriger Kaugummifaden baumelt zwischen ihrer Hand und dem Teller.

Schnips, Schnips, „Noch einen Espresso und noch ein Bier." meldete sich der Schlaks mal wieder zu Wort.

DuKumpel und Freundin versuchten ihren lauten Nachbarn zu ignorieren.

„Du bist aber gut bekannt mit der Chefin, bist du öfter hier?" Diese Frage schmeichelte DuKumpel.
„Das ist mein Lieblingsrestaurant. – Nicht wahr?" Britta, die gerade mit ihrem Block ankam, um die Bestellung aufzunehmen, nickte ergeben.
„Haben Sie schon gewählt?"

Schnips, Schnips, „Wir sind fertig mit der Hauptspeise!"
Britta drehte sich zum Schlaks um und warf ihm einen vernichtenden Blick zu. Die Schmerzen im Arm und ihrem Hintern fingen gleichzeitig an zu pochen.

„Was kannst du denn Besonderes empfehlen, was nicht auf der Karte steht?", fragte DuKumpel sie ungerührt.

Schnips, schnips, „Noch einen Espresso!"
Schnips, schnips, „Noch ein Bier!"

Britta ignorierte den Schlaks hinter sich. Stoisch fragte sie weiter: „Wonach ist Ihnen denn? Fleisch, Fisch, Pasta, Vegetarisch? Empfehlen kann ich alles."
„Warte mal, ich geh mal Jens fragen", profilierte DuKumpel sich vor seiner Begleitung, stand auf und

steckte seinen Kopf in die Durchreiche. „Chef, was kannst du uns denn Feines kochen?"

„Fischstäbchen."

„Ach, du!" DuKumpel lachte affektiert.

„Das sind mir Scherzkekse hier!" Er klopfte Britta ein weiteres Mal auf die Schulter. Ihren gebrochenen Arm überging er nach wie vor.

„Also, ich hätte gerne den Ziegenkäse im Speckmantel und danach die Tintennudeln.", bestellte die Freundin zügig. Sie hatte die Wartezeit auf DuKumpel mit dem ausführlichen Studium der Speisekarte überbrückt. Mehrere Menü-Variationen hatte sie bereits durchgespielt und per Ausschluss-Verfahren, das für sie verlockendste ausgesucht.

Britta, mit ihrem Blöckchen in der Hand, schrieb krakelig mit der linken Hand: „Ziegenkäse und danach Tintennudeln und für ihn Tomatensalat, Zwiebeln, Lammkoteletts, viel Kartoffeln, Bohnen ohne Speck."

„Ach, ich kann mich heute mal wieder gar nicht entscheiden. Wie macht ihr denn das Coq au Vin? – Nein, gib mir noch ein bisschen Zeit. Ich kann mich noch nicht entscheiden. Es ist ja immer alles so gut bei euch! – Bring doch erst mal den Wein, den ich immer hier trinke. Welcher war das noch mal?"

„Bordeaux" antwortete sie kurzsilbrig. Ihr Arm schmerzte heftig.

„Genau! Der wird dir schmecken. Ein feines Tröpfchen dieser Bordo," schwärmte er seiner Freundin vor. „Ein typisch südfranzösischer Wein."

Britta lag der Protest schon auf der Zunge, sie schluckte ihn aber lieber runter.

Sie hatte keinen Bock mehr. Ihr Arm fühlte sich an wie ein Luftballon, dem die Luft ausgegangen war. Schlaff baumelte er hin und her. Sie sollte ihn unbedingt wieder in die Schlaufe legen. Die Schmerzmittel ließen langsam nach. Was ihr mehr weh tat konnte sie nicht mehr klar unterscheiden. Hintern und Arm hielten sich die Waage. „Gleich gehe ich zurück ins Krankenhaus", überlegte sie sich. Fast alle Essen waren raus, also was sollte da noch viel passieren.

Widerwillig drehte Britta sich zum Schlaks um. „Hat es Ihnen denn geschmeckt?"

„Solala, bringen Sie noch ein Bier."

Die Teller waren so leer geschleckt, Britta erstaunte nichts mehr.

Sie ging schnell zum Tresen, machte einen Umweg in die Küche, um einen lautlosen Urschrei von sich zu geben. Frank übernahm die Aufgaben, die Britta gehandicapt nicht erledigen konnte. Er holte die Flasche Wein, zapfte ein Bier, atmete kurz durch und schritt völlig „en contenance" durch den Saal. Das Bier zum Schlaks, der erstaunlicherweise mal seine Klappe hielt, und dann Flasche öffnen für DuKumpel.

„So, ich hab mich dann doch entscheiden können", strahlte ihn DuKumpel an, „zuerst hätte ich gerne Salat, aber bitte nur mit Tomaten und Zwiebeln, Dressing separat und dann Lammkoteletts nur einmal kurz in die Pfanne geschmissen, ohne Pfeffer aber viele Kartoffeln dazu. Die Böhnchen aber bitte ohne Speck. Kannst du dir das so merken?"

Schnips, Schnips, „*Noch* einen Kaffee." Also konnte er doch nicht seine Klappe halten.

„Sie möchten *noch* einen Espresso?" Fragte Frank.

„Kaffee habe ich gesagt", der cholerische Schlaks lief rot an, „KAFFEE, KAFFEE und nicht Espresso!"

Einige Gäste beobachten Frank, der gemessenen Schrittes zum Tresen zurückging. Sogar Lucci hat aufgehört sein Kaugummi zu malträtieren. Möglicherweise teilte es aber auch schon das Schicksal seines Vorgängers und hauchte sein klebriges Leben unter dem Stuhl aus.

Schnips, Schnips! „Wo bleibt denn mein Kaffee?" Britta hielt Frank auf: „Das erledige ich persönlich und das mit Freude."

„Für Sie gibt es keinen Kaffee mehr, sonst auch nichts mehr." Brittas Stimme bebte.

„Soll mir auch recht sein." Bewusst langsam, wider seine Natur beugte sich der Schlaks über den Tisch um seine Geldbörse aus der Gesäßtasche zu ziehen. Im Aufstehen legte er ein paar Scheine auf den Tisch, schlenkerte wieder heftig mit den Armen, so dass StorchBein ihren Kopf einziehen musste, um nicht getroffen zu werden, und verließ, zur Erleiterung aller, mit seiner schweigsamen Freundin das Restaurant.

Bei einem prüfenden Blick über den Gänsemarschtisch stellte Frank fest, dass StorchBein sich mehr als die Hälfte der Spätzle von der Vollschlanken auf ihren Teller geholt hatte. Dafür waren ihre Salzkartoffeln auf dem Untertellerchen einer Espressotasse gelandet, das ihr großzügigerweise von Lucci überlassen worden war.

Die SiamesischenZwillinge machten wohl Trennkost, denn ihre Bratkartoffeln waren bei der Gänsekeule gelandet.

Mondgesicht verteidigte seinen Teller, indem er einen Arm ganz um ihn herumgewickelt hatte, so dass es keiner wagte über diese Armgrenze seine Gabel in sein Essen zu stoßen. Aber keiner dachte im mindesten daran sich von der Sojafrikadelle etwas zu mopsen.

Fasziniert beobachtete Frank dieses ‚Essen-WechselDichSpiel'.

„Ich bin jetzt wieder weg." Britta, getrieben von ihren Schmerzen, war gerade alles egal.

Der Abend war fast rum, Frank stand noch relativ sicher auf seinen Beinen und auf eine weitere Begegnung mit DuKumpel konnte sie locker verzichten. Sie winkte zum Abschied dem Familientisch zu. Als sie aus der Tür und vor allem aus Franks Blickfeld verschwunden war, nahm er erlöst einen großen Schluck Wein. Natürlich nicht ohne der Roten zuzuprosten.

Das Büro wurde endlich eingeklappt – Feierabend. Die stille Arbeitsstimmung schlug um in eine „After-work" Laune. Frank öffnete für die Herren eine neue Flasche Wein und wollte gerade nachgießen – „Halt, halt, ich möchte erst probieren", forderte Herr Office überraschenderweise. Kein langes Schlürfen und Gurgeln. Mit einem Zug hat er den Probierschluck weggekippt: „Nun gießen Sie doch endlich ein!"

Als Frank den Tisch verließ, fing sofort die Debatte über die Servicewüste Deutschland an. So könne man doch nicht mit Gästen umgehen, den Wünschen nicht ohne Widerspruch zu entsprechen. Nicht mal den Wein probieren lassen und, zu allem Übel, auch noch kaltes Essen serviert zu bekommen. Um auch Frank ihren Unmut spüren zu lassen, palaverten sie in voller Lautstärke.

Zur Entspannung begab er sich zu Frau ÄltereDame, einer kleinen Oase der Erholung in der weiten deutschen ‚Gästewüste'.

Doch die Erholung war nur von kurzer Dauer. Die Teller von den bereits servierten Nachtischen standen vor den Eltern und dem Schwiegersohn wie abgeleckt, lediglich die Crème Caramel der Tochter war völlig seziert.

Wohl aufgrund ihrer kriminalistischen Arbeit und der Zusammenarbeit mit Pathologen suchte sie in der Crème Caramel nach möglichen Leichen. Ihrer Meinung nach war sie auch fündig geworden. Ein Tausendfüßler, mindestens zwei Fliegen und mehrere Moskitos waren als Beweismittel an den Tellerrand verschoben worden.

„Schauen Sie sich das mal an!" Sie zeigte auf den Tellerrand. „Hier, sehen Sie, da sieht man ja noch alle Füßchen." Sie stippte angewidert auf dem vermeintlichen Tausendfüßler herum.

Frank konnte sich das Lachen kaum verkneifen, auch Eltern und Mann verdrehten die Augen und grinsten breit.

„Vielleicht sind ja auch noch ein paar Schrotkugeln zu finden, mit denen der Tausendfüßler erschossen wurde, guck doch noch mal nach." Damit brachte der Vater den Knoten zum Platzen und alle prusteten los.

„Vanille, Kind, das ist echte Vanille." Sturzbäche von Lachtränen flossen aus drei Augenpaaren. Das Vierte schoss tödlich Blicke in alle Richtungen. Der Schwiegersohn segelte inzwischen, mit gehisster Piratenflagge auf offenem Meer und Frank brachte die ‚Leichen' auf dem Teller zur Beerdigung in die Küche.

...wüst, wüster, Gästewüste

Auf dem Gänsemarschtisch hatte sich der Turm zu Babel aus den abgeleckten Tellern aufgetürmt. Brav wie bei Mama zu Hause, hatten alle ihre Teller übereinander gestapelt. Mal Große, mal Kleine. Bestecke dazwischen und die Knochen machten die ganze Konstruktion äußerst wackelig. Die wahrscheinlich gut gemeinte Geste des Gänsemarschtrupps bescherte Frank jedoch mehr und nicht weniger Arbeit.

Statt in maximal zwei Fuhren baute er den Turm nun in mehreren ab.

Auf seinem Rückweg brachte er DuKumpel und seiner Begleitung ihre Essen.

„Hööör mal!! Das sieht aber lecker aus. Ich hätte auch nichts Anderes erwartet, um ehrlich zu sein.

Priiiima, Fischstäbchen!" Witzelte DuKumpel und klopfte, ganz nach seiner Gewohnheit, Frank leutselig auf die Schulter. „Aber, sag mal, habt ihr da vorne die Frankfurter Börse zu Besuch? Mittlerweile kenn' ich sämtliche Aktienkurse." Wie zur Bestätigung seiner freundlichen Beschwerde hörte man vom Bürotisch laute Satzschnipsel: „ansteigende Kurse... Jaaa... Wertsteigerung von 18 Prozent der Firma Schwarz, die Rußfilter herstellen... China ist im Kommen... Fondinvestment... Globalisierung... viel verdient." Grölendes Lachen untermauerte die Siegeshymne der Manager.

Keinem Gast im Lokal entging das Gespräch des Bürotisches. Die Reaktionen darauf waren unterschiedlich. Frau Schnösel war pikiert über dieses Stammtischverhalten. Die Rothaarige, schon recht angeheitert, warf einen unwilligen Blick rüber.

„Könnten Sie bitte etwas leiser sein, es sind auch noch andere Gäste da", bat Frank den Bürotisch.
„Bringen Sie lieber einen neuen Wein, der korkt doch."
Frank schaute sich erstaunt die Flasche an. In ihr dümpelte nur noch ein winziger Schluck.
„Wechseln Sie auch die Gläser!"

Frank ließ sich nicht provozieren. Zu seiner Absicherung roch er kurz an der Flasche. Kein Kork, er hatte es ja gewusst. Als Beweismittel deponierte er die Flasche, mit dem Schlückchen am Tresen. Er nahm neue Gläser aus dem Regal, holte eine neue

Flasche Wein und notierte die dritte Flasche auf seinem Kassenbon. Ohne eine Miene zu verziehen öffnete er die Weinflasche am Bürotisch und fragte, ob dieser Wein korkt. Bequem gemacht, mit lang ausgestreckten Beinen, die weit in den Durchgang ragten, degustierte Herr Office übertrieben lange den Wein, nickte kurz bestätigend mit dem Kopf. Das war Frank nicht genug. Er hielt noch einmal nachdrücklich fest: „Dieser Wein korkt also nicht?" Nach dem zweiten bestätigenden Kopfnicken goss er die Gläser voll, stieg nonchalant über die langen Beine von Herrn Office und verließ diese unfreundliche Stätte: das Königreich Kunde.

Um seine Wut über seinen angeblich so schlechten Service abzureagieren, ging Frank in den Hinterhof, klopfte seinen Kopf symbolisch gegen die Wand und atmete tief durch. Dieses kurze Psychohygieneritual zeigte heute aber keine Wirkung. Ein zweiter Versuch verlief auch ergebnislos. Frank sehnte sich nach seinem Stammplatz in der alten Stadtbibliothek. Einmal in der Woche für mindestens eine Stunde sitzt er dort und lauscht der Stille. Das zarte Umblättern von Buchseiten; das sachte Scharren von Schuhen auf antiken Fliesen und das sanfte, angedeutete Hüsteln schmeichelte seinen Ohren. Doch anstatt an seinen stillen Lieblingsort, kehrte er nach wie vor gestresst in die Küche zurück, wo ihn Jens fragte, ob denn schon die letzte Reservierung des Abends eingetroffen sei. Immerhin ist sie schon eine halbe Stunde überfällig.

„Die nächsten, die kommen, denen können wir den Tisch jetzt aber geben", sagt er.

„Ich hab schon so viele Leute wegschicken müssen", bedauerte Frank.

„Jetzt kommt eh keiner mehr, du kennst das doch."

Es war ruhig geworden, auch am Gänsemarschtisch. Die hungrigen Mäuler waren gestopft und alle Köpfe studierten emsig die Getränkekarten.

„Darf es denn noch Dessert oder Kaffee sein?" fragte Frank in die Runde.

„Wir können uns nicht wirklich einigen." Lucci wedelte sich mit die Karte Luft zu. „Bringen Sie uns einfach von jedem Digestif einen."

„Wir teilen uns aber nur einen", fiepsten die SiamesischeZwillinge.

„Is' doch egal," knurrte Mondgesicht, „ich trink auch mehr. Bringen'se alle sechs."

Im Tresen stellte Frank sechs Schnapsgläser auf sein Tablett, holte alle sechs Flaschen vom Regal und begann sie in alphabetischer Reihenfolge zu drapieren. „Poire Williams, ganz nach rechts, Framboise, ganz links, Mirabelle, in die Mitte, Quetsch, ähh, K, L, M, N, O, P, Q, also nach Poire Williams, ganz ganz rechts, oder doch davor? Williams? Ja, das ist einfacher, Williams nach rechts, ganz ganz, ganz nach rechts. Links daneben Quetsch. Marc de Champagne, links neben Mirabelle. Dann Grappa, ganz nach links, vor Framboise, ach Quatsch, nach Framboise, A, B, C, D, E, F, G." murmelt er vor sich hin.

„Mmmh…" Ein leises wohliges Schnurren direkt an seinem Ohr ließ ihn erschrocken herumfahren. Er blickte ins grinsende Antlitz von DuKumpel, der seinem Namen alle Ehre macht und jetzt Frank seinen Arm um die Schulter legte und ihn heftig drückte. „Das riecht lecker! Mach uns doch auch gleich zwei."

„Gib mir den besten. Welcher ist denn deiner Meinung nach der beste?"

Frank zeigte ihm die Flasche Marc de Champagne und schob DuKumpel dabei sachte aus dem Tresen.

Zurück bei seinem ABC-Spiel sortierte er den ‚Marc de Champagne' wieder vor den Mirabelle. Zufrieden kontrollierte er noch einmal die Reihenfolge, goss einen nach dem anderen ein und schnappt sich das Tablett.

Er drapiert die sechs Schnäpse wie einen kleinen Gänsemarsch auf den Tisch. „Ich stell‘ sie Ihnen in alphabetischer Reihenfolge hier hin. Hier geht's los mit dem Framboise."

„Von mir aus stehen die dann aber falsch herum." StorchBein fiel immer etwas zum Meckern ein.

Die Vollschlanke stand auf und beugte sich über die Schnapsgläser. Sie steckte ihre Nase in jedes einzelne Glas und schnupperte ausgiebig. Zielsicher griff sie den ihrer Meinung nach leckersten aus der Reihe heraus und nippte direkt davon.

„Lass mir aber auch noch was übrig, nicht alles sofort austrinken, ich kenn‘ dich doch, ich will ihn auch noch probieren." Wie immer begehrte StorchBein das, was andere hatten.

„Also steht jetzt von mir aus ganz rechts der Grappa", schlussfolgerte StorchBein.

„E, F, G," belehrte Lucci seine Ex. „Framboise dann Grappa!" Es machte ihm immer Spaß sie vorzuführen.

Jetzt wurde wild herum probiert. Ein SchnäpschenWechselDichSpiel.

Lucci bestellt sich noch einen Espresso. „Aber schön heiß!" Er goss sich den Schnaps, der gerade in seinem Besitz war, hinter die Binde, streckte Frank das leere Glas entgegen.

„Davon hätte ich gern noch einen."

„Welcher war das denn", wollte Frank wissen.

„Weiß ich doch nicht mehr. Riechen Sie doch dran."

„Wir hätten gerne einen Latte Macchiato, aber bitte nicht so stark, nur ein halber Espresso drin, mit viel Milch, aber die 1,5%ige, nicht ganz so heiß und bitte nur ein wenig Schaum oben drauf. Im Glas bitte!" flöteten die SiamesischenZwillinge. „Und mit Süüüüßstoff!" rief dieses Mal nur eine hinter ihm her. Frank beeilte sich an den Tresen zu kommen, bevor sich das Aroma aus dem Schnapsglas verflüchtigen konnte.

Im Laufen wurde er durch einen festen Griff am Arm zurückgeworfen. „Setz dich doch mal einen Moment hin und trink ein Schnäpschen mit uns. Der ist ja suuper, den du uns empfohlen hast!" DuKumpel stellte kurzerhand einen Stuhl an seinen Tisch.

„Komme gleich wieder." Die Einladung wollte Frank sich nicht entgehen lassen.

Im Vorbeigehen fragte Frank Frau Schnösel, ob sie noch einen Wunsch hätten.

„Ja, wir warten schon eine Weile darauf, dass Sie uns zwei Digestifs bringen."

„Oh Entschuldigung, hatten Sie noch zwei Digestifs bestellt?" Frank wunderte sich. Mitnichten konnte er sich an eine Bestellung erinnern.

„Wieso bestellen?" Der SchnöselSohn profilierte sich comme toujour, „Der Reis kam 5 Minuten zu spät, deswegen bekommen wir doch sicherlich einen aufs Haus ausgegeben. Darauf hätten Sie aber auch selber kommen können!"

Frank trat sich auf den Fuß, um seinem Ärger ein Ventil zu geben. Dieses Ritual musste er dringend ändern.

In der Küche blieb er einen Moment stehen und entlastet seinen linken Fuß. Deutlich spürte er seinen dicken Zeh. Vielleicht würde die Berufsgenossenschaft das als Berufskrankheit anerkennen.

Er servierte Frau Schnösel und Sohn den billigsten Fusel, den er finden konnte in besonders schönen Gläsern.

„Na das geht doch." Erfreut schnupperte SchnöselSohn an dem Schnaps. „Der riecht außergewöhnlich gut." Genussvoll nippte er an seinem formvollendet geschliffenen Kristallglas.

Andalusischer Abend

Frank erhob sich, trennte sich widerwillig von der Rothaarigen, als eine Frau hereinkam. Er schätzte sie auf Anfang 60, obwohl ihre schwarzen Haare von keinem einzigen grauen Haar durchzogen waren. Wie ein Küster die Gebetsbücher trägt, die er in der Kirche verteilen will, trug sie einen Stapel Bücher.

„Ich habe schon so viel Gutes über ihre Küche gehört, darum möchte ich eine größere Feier bei Ihnen ausrichten. Es soll ein schöner Abend im andalusischen Stil werden."

Frank beseelt von Wein und Weib schaute sie mit glasigen Augen verständnislos an. Im andalusischen Stil? In einem französischen Restaurant? Frank verstand nur noch Bahnhof.

Um die Last der Bücher loszuwerden, steuerte sie den nächsten Tisch an und ließ sie mehr oder wenig darauf fallen. Jetzt erst konnte Frank erkennen, dass es sich um spanische Kochbücher handelte.

‚Casa Moro, Spanisch...' verdeckt von ‚Klassische und moderne Rezepte aus Andalusien' waren nur zwei Titel der fast kompletten Auswahl spanischer Kochbücher, die über den Tisch verteilt lagen. Sie schob die Bücher hin und her und öffnete sie mal hier und mal dort. Zwischen den Blättern steckten abgefressene Lesezeichen. Feuchte Flecken verzierten die Buchdeckel, sie hatte wohl gerade erst gekocht. Als sie die Bücher aufklappte, zeichneten die klebrigen Lebensmittelflecken durch das hektische Hin- und Herschieben bunte Muster auf die Tischdecke.

Die Spuren ähnelten einer Sonne im Planetensystem. Die Sonne war wohl mal Eigelb gewesen. Die Sterne entsprangen ranzigen Schokostreuseln. Ein breiter roter Kometenschweif muffelte nach Tomaten. Frank wurde es schlecht. Nun war die Tischdecke schon schmutzig, also nicht mehr zu ändern.

Strahlend drehte sie sich zu Frank um. „Ich heiße Brigitte und Sie?"

„Äh, Frank."

„Dieses Rezept ist ganz toll, ich habe es schon selber ausprobiert." Frau Brigitte tippte auf einer Seite herum, dann schlug sie das nächste Kochbuch auf.

„Und schauen Sie hier, bei den Hauptspeisen möchte ich entweder das oder dieses Rezept gekocht bekommen." Wiederholtes Tippen bekräftigte ihre Aussage.

„Rezepte aus einem Kochbuch? Frau, äh, Brigitte...?" Frank wollte auf keinen Fall nur Brigitte sagen. So stotterte er etwas herum. Leider kam Frau Brigitte ihm nicht zu Hilfe.

„Ich denke mal, wir kochen hier nicht aus Kochbüchern." Bei diesem Satz kam Frank sich blöd vor.

„Bin gleich wieder da", murmelte er und ging in die Küche, um Verstärkung zu holen. Das sollte sie noch einmal vor Jens wiederholen, da kann sie sich auf was gefasst machen. Mit ihm im Schlepptau kam Frank zu der andalusischen Tante zurück.

"Guten Abend, mein Name ist Jens." Frau Brigitte strahlte ihn an.

„Können Sie mir nicht dieses leckere Rezept kochen? Sie können das sicher noch viel besser als ich", schleimte sie ihn an und tippte wiederholt auf ihrem Kochbuch herum.

„Nein, ich habe meine eigenen Rezepte." Kurz und bündig wiederholte Jens Franks Aussage. „Wir machen Ihnen gerne Vorschläge für ein spanisches Menu, dann können Sie sich etwas auswählen."

„Natürlich, wenn sie eigene Rezepte haben." Vor ihm knickte Frau Brigitte ein. „Ich hatte nur gedacht, das war so lecker, als ich es zu Hause gekocht habe. Jens lächelte verbindlich und verschwand wieder in der Küche. Frank beneidete ihn, sein einziger Rückzugsort war nur die Toilette.

„Ich hole das Reservierungsbuch." Damit gönnte Frank sich eine Verschnaufpause und gab Frau Brigitte die Möglichkeit, ihr Gesicht zu wahren und die Kochbücher wieder einzusammeln. Doch Frau Brigitte hatte anderes im Sinn. Als wäre sie hier zu Hause, wanderte sie um alle Tische herum. Seelenruhig drehte sie eine Birne aus einer Lampe und begutachtete den Effekt.

„Schauen Sie mal." Stolz tippte sie Frank mit der Birne an, als dieser mit dem Buch in der Hand zurückkam.

„Schauen Sie doch mal, ist das Licht so nicht viel besser? Können Sie nicht auch dieses hässliche Bild abhängen und etwas Buntes und Munteres aufhängen? Zum Beispiel einen Sombrero und Kastagnetten?!"

Wie vom Donner gerührt stand Frank vor ihr. Ungerührt plapperte Frau Brigitte weiter.

„Oder noch besser einen schönen andalusischen Teppich. Rot karierte Tischdecken wären auch ganz hübsch."

Frank schnappte nach Luft.

„Zahlen, bitte." Der Gänsemarschtisch hielt Frank davon ab auf die merkwürdigen Einrichtungsvorschläge angemessen zu reagieren.

„Gehen Sie ruhig, aber bringen sie mir zuerst noch ein Glas Weißwein."

Frank brachte Frau Brigitte den Wein, dann ging er daran, die lange Zahlenkolonne vom Gänsemarschtisch zu addieren

Rein motorisch lief bei Frank inzwischen alles etwas langsamer. Am liebsten hätte er sich ausschließlich nur noch der Rothaarigen gewidmet, aber außer dem Gänsemarschtisch war auch noch der Bürotisch und DuKumpel da. Jens und Ali hatten die Küche geputzt und gewienert und verabschiedeten sich. Jens erkundigte sich, ob er auch den Schlüssel von Britta bekommen hätte und ob er möglicherweise noch etwas helfen könnte. Wirklich ernst gemeint war das Angebot nicht, denn mit einem Bein stand er schon draußen.

Schnell den Gänsemarschtisch abkassieren, der Bürotisch wird auch nicht mehr alt und DuKumpel hatte auch schon bezahlt, dann endlich konnte er sich um seine Eroberung kümmern. Frau Brigitte kann dann alles telefonisch mit Britta bekakeln.

Er nahm den endlos langen Kassenstreifen und legte ihn in die Mitte des Tisches.

Hilflos starrten alle sechs auf die Gesamtrechnung.

„Können Sie uns das nicht auseinander rechnen?" Diese Frage konnte nur quäkenderweise von StorchBein kommen.

„Also ich hatte..." fingen alle auf einmal an zu reden.

„Einer nach dem anderen," versuchte Frank Ordnung in die Truppe zu bringen.

„Also ich hatte die Champignons", kreischte StorchBein ihn an. „Das weiß ich, aber welche Getränke bezahlen Sie?" Frank schwankte beseelt hin und her.

„Getränke? Äh, ja, wie machen wir das mit den Getränken?" fragte sie in die Runde.

„Wie viel Wasser hatten wir denn?" erkundigte sich Mondgesicht bei Frank.

„4 Flaschen Wasser waren's."

„Dann teilen Sie die Flaschen Wasser durch sechs."

„Teilen Sie doch einfach alles durch sechs." Mondgesicht versuchte dem Kellner zu helfen, stieß aber auf keine Zustimmung. Sofort protestierte StorchBein: „Das kalte Wasser zahle **ich** aber nicht. Als es dann warm war habe ich **ein** Glas genommen, das zahle ich dann auch nur."

„In Ordnung," seufzte Frank und tippte murmelnd in seinen Taschenrechner:

„Vier Flaschen Wasser sind 3 Liter. 18 Euro ähm, 3 Liter sind äh 15 Gläser, also noch mal. 18 Euro geteilt durch 15 Gläser sind 1,2... 18 Euro weniger 1 sind 16,80 geteilt durch fünf, das wären 3,36. Puh!"

„Ach nee", fiel Mondgesicht ein, „den Wein haben wir uns ja auch geteilt. Wie viel sind das pro Person?"

„Drei Karaffen Wein, das sind 34,50, durch sechs sind 5,75. Jeder muss also für Wein und Wasser 9,11 bezahlen, außer für Sie sind es 6 Euro 95", sagte Frank zu StorchBein.

StorchBein fing noch einmal von vorne an: „Also für mich die Champignons, die Entenkeule und diese 6 Euro irgendwas."

„31,95 sind das dann bitte."

StorchBein kramte in ihrem Portemonnaie herum und legte Frank 40 Euro hin.

„Sieben Euro zurück bitte. Den Zettel möchte ich aber gerne behalten."

Nachdem drei weitere Personen bezahlt hatten, fiel Lucci der Schnaps ein.

„Halt, halt, da fehlt noch der Schnaps, oder hattet ihr gedacht, nur weil ich ihn bestellt habe, dass ich ihn dann auch bezahle? Kosten alle gleich viel?" Fragte er Frank, der das bedauernd verneinte. Die Versuchung war groß sie alle gleich teuer zu machen. Der Taschenrechner kam erneut zum Einsatz: 5 Obstbrände je 3,30 sind 16,50, dazu einmal Marc 4,20 das sind 20,70. Der Grappa 3,50 das sind 24,20. Das alles zusammen durch sechs sind: „4,03 bekomme ich noch zusätzlich von denen, die schon bezahlt haben." Ihm wurde heiß und schwindelig.

Frank sortierte sich und seinen Zettelwust noch einmal neu und begann nun Mondgesicht abzukassieren: „Wasser und Wein, 3,36 und 9,11, zwei Salate, einen Milchkaffee und zwei Espresso, sind 28,37."

„Zwei Espresso? Hatte ich nicht nur einen?"

„Naja, machen sie 35,-. Bei Ihnen kann ich doch mit EC-Karte zahlen?"

Erschrocken über ein so hohes Trinkgeld tippt Frank aus Versehen 35 Cent in die EC-Cash-Maschine.

Mittlerweile war ihm vor lauter Centbeträgen nicht nur schwindelig, sondern auch noch schlecht geworden. Kalter Schweiß stand ihm auf der Stirn. Die SiamesischenZwillinge waren die letzten, die noch bezahlen mussten. Während der ganzen Prozedur hatten sie leise untereinander getuschelt. Frank überschlug erst die Gesamtrechnung, um sicher zu gehen, dass alles aufging.

„So, bei Ihnen beiden war das die Suppe, 6 Euro, der Thunfisch, 13, 2 mal 8,06 für die Schnäpse und zwei Mal 12,47 für Wasser und Wein."

Aus ihrem innigen Gespräch gerissen, schauten beide ihn mit großen Augen entsetzt an: „Wir haben gar nichts vom Wasser mitgetrunken! Das müssen die anderen bezahlen!" Um zu zeigen, dass sie ihn auch nicht anlogen, nahmen beide ihre Wassergläser in die Hand, drehten sie auf den Kopf und schütteln sie, um noch einmal zu untermauern, dass diese Gläser nie Wasser gesehen hatten.

Frank sah die siamesischen Zwillinge schon doppelt. Ein für ihn unerträglicher Anblick. Hektisch wühlte er in seinen Zetteln und begann zu tippen: „Das Wasser, ja das waren 3,36 pro Person, mal 2 sind 6,72, durch vier sind 1 Euro 68 – Ach nein," seine Stimme wurde zunehmend hysterischer und auf seinem Gesicht breiteten sich hektische Flecken aus. „Die Dame hatte ja auch kein Wasser, also durch drei, sind 2,24." Er tippte extra laut auf die „Gleich"-Taste. „Ich bekomme dann bitte von den drei Wassertrinkern noch zwei Euro und vierundzwanzig Cent."

Lucci, der schon im Aufbruch war und sich gerade seine Jacke anzog schaute ihn genervt an: „Haben Sie sich verrechnet oder was ist los?"

Frank wollte schreien, aber kein Laut kam über seine Lippen.

„Hier haben sie sieben Euro guter Mann und nichts für Ungut." Mondgesicht erbarmte sich dem zur Salzsäule erstarrten Frank

„Geben Sie mir noch eine richtige Quittung für die Steuern!" StorchBein ließ nicht locker. „Uns auch, uns auch", forderten die SiamesischenZwillinge.

Aus seiner Erstarrung erwacht drückte Frank StorchBein den kompletten Kassenbeleg in die Hand. Aus seinem Zettelwust suchte er den passenden für die SiamesischeZwillinge raus.

„Mit diesem Geschreibsel können wir aber nichts anfangen!" empörten sich die Zwillinge.

„Es gibt nur eine Gesamtquittung und damit Basta."

Laut streitend, wer denn nun die Quittung bekommen würde, verschwanden die sechs im Gänsemarschschritt aus dem Restaurant. Franks Nerven lagen blank. Schnell genehmigte er sich einen Williams, wohlig ließ er den großen Schluck seine Kehle hinabrinnen.

„Zahlen bitte!" Diese Aufforderung vom Bürotisch kam ihm gerade recht.

„Komme gleich zu Ihnen", rief er Frau Brigitte zu, die schon wieder anfing, den Raum zu inspizieren.

„Die zweite Flasche Wein zahl' ich aber nicht, der hat schließlich gekorkt, außerdem zahle ich nur drei Steaks", empört gab Herr Office Frank die Rechnung zurück.

„Schuhsohlen bezahle ich nur beim Schuster, aber grundsätzlich nie im Restaurant."

„Der Wein hat nicht gekorkt, also müssen Sie ihn auch bezahlen. Außerdem haben sie ihn fast ausgetrunken." Zur Bekräftigung seiner Worte hielt Frank ihm die vorsorglich aufbewahrte Flasche als Beweismittel vor das Gesicht. „Das Steak ist durch Ihre eigene Schuld kalt geworden und dann hat es ja auch ihr Hund gegessen." Sein rechter Mundwinkel fing hektisch an zu zucken. Kalter Schweiß floss in Strömen.

„Der Wein hat gekorkt und wie viel wir daraus getrunken haben ist völlig irrelevant."

„Ich bin ausgebildeter Sommelier." Frank torkelte leicht als er sich aus dem Tresen ein Glas holte. Er goss sich den winzigen letzten Tropfen der Flasche in das Glas. Schluck, schluck, weg war das Corpus Delicti. „Kein bisschen Kork, gar kein bisschen", lallte er.

Sein Zucken im Mundwickel verstärkte sich. Sein ganzes Gesicht war rot angelaufen.

Unbemerkt hatte sich StorchBein der Gruppe genähert. „Mit der Rechnung stimmt was nicht. Ich habe nachgerechnet. Mindestens 1 Euro habe ich zu viel bezahlt!" Sie wedelte mit der Rechnung vor Franks puterrotem Gesicht herum.

Apathisch nahm er den Zettel entgegen. Mit glasigen Augen schaute er unverwandt StorchBein an. Ihr wurde unheimlich. „Was ist los, geben Sie mir sofort das zu viel bezahlte Geld zurück."

„Ha, wusste ich's doch", erhärtete Herr Office seinen Unmut, „in diesem Restaurant ist wohl einiges faul. Auf keinen Fall zahle ich die Rechnung so."

Jetzt mischte sich auch noch DuKumpel in die Diskussion. Doch Frank hörte schon nichts mehr. In seinen Ohren brauste und sauste es. Er fing an zu schwanken wie ein Seemann auf stürmischer See. Das einzige, an dem er sich festhalten konnte, war das Glas in seiner Hand. Diesem Druck hielt es nicht stand und zerbarst in viele Einzelteile. Aus einer Schnittwunde schoss das Blut. DuKumpel versuchte

Frank durch eine Umklammerung vor einem Sturz zu bewahren. „Beruhige Dich doch."

„Ich will mich nicht beruhigen. Lase se misch loooos!" lallte Frank und versuchte sich mit einem letzten verzweifelten Aufbäumen aus der Umklammerung von DuKumpel zu befreien. Ein Blick auf seine blutende Hand gab ihm den Rest. Eine Ohnmacht befreite ihn. Seine Beine sackten unter ihm weg. Vor sich hin murmelnd rutschte er langsam aus den ihn fesselnden Armen auf den Boden: „Blut, Wein korkt..."

Reglos starrten die letzten Gäste des Restaurants auf den gefallenen Kämpen. Wie einen Schutzwall bildeten sie einen Kreis um ihn. Einer der BüroHerren wandte sich endlich ab und murmelt ein leises „spät geworden... früh aufstehen" vor sich hin. Wie auf Stichwort lösten alle ihren Blick. Lediglich die Rothaarige blieb unschlüssig noch einen Moment stehen und schaute aus weinseligen Augen auf den lang hingestreckten Kellner hinab.

Herr Office kochte vor Wut. „So etwas habe ich auch noch nie erlebt, zieht sich einfach so aus der Affäre. Jetzt habe ich den schwarzen Peter, wenn ich nicht alles bezahle dann bin ich nachher noch ein Zechpreller." Er nahm 155 Euro aus seiner Brieftasche und legt sie auf den Bewirtungsbeleg. Die noch fehlenden 50 Cent suchte er in seiner Hosentasche.

„Zwanzig, zwanzig, fünf, zwei und noch mal zwei. „Verdammt ich werde doch noch einen Cent haben." Er kramte kurz in seinen Taschen herum, bis er das fehlende Centstück fand, warf es nachlässig auf den

Tisch und zupfte den Bewirtungsbeleg unter dem Geld hervor. Ohne hinzuschauen stieg er über die lang hingestreckten Beine von Frank. Sein Hund Hasso stupste den leblosen Frank immer wieder erfolglos an, umrundete ihn schnuppernd, blieb dann an seinem Kopf stehen und fing wonnig an, ihn abzuschlecken. Kurz bevor die Tür hinter Herrn Office und seinen beiden Kollegen zufiel, schlüpfte Hasso noch schnell durch den schmalen Spalt und lief laut bellend auf den nächsten Baum zu.

Frau Brigitte hielt die Glühbirne immer noch fest in ihrer Hand, sie klappte ihre mitgebrachten Kochbücher zu, klemmte sie sich unter den Arm.

DuKumpel nahm den Platz von Hasso ein. Er schüttelte und rüttelte an Frank herum und versuchte in hoch zu ziehen. Schlapp hing Frank in den Pranken von DuKumpel. Mit einem leisen „Bumms" schlug Franks Schädel auf den Boden, als DuKumpel seine Wiederbelebungsversuche aufgab und ihn losließ. „Hm, nichts zu machen", ratlos schüttelte er den Kopf.

Schwer gebeutelt durch den Ansturm der vielen Gefühle des vergangenen Abends und des reichlichen Alkoholgenusses schwankte die Rothaarige hin und her.

„Tun Sie doch was!" Frau Brigitte wandte sich ungeduldig an die Betrunkene.

Der Rothaarigen war blümerant.

Da sie keine Antwort bekam marschierte Frau Brigitte entschlossen in die Küche, um Hilfe zu holen. „Oh je, Das Küchenpersonal ist schon weg", rief sie bestürzt aus dem hinteren Teil des Restaurants.

„Wir gehen jetzt", forderte DuKumpel seine Freundin auf. Er wollte auf keinen Fall der Letzte sein.

„Warten Sie", Frau Brigitte lief hinter den Beiden her, die Bücher fest unter dem rechten Arm geklemmt und in der Linken hielt sie immer noch die Glühbirne. Nichts wie weg!

„Ich kann ihn doch nicht einfach alleine da liegen lassen", rief die Rothaarige den Fliehenden hinterher. Müde und zu betrunken plumpste sie auf einen Stuhl. Mühsam versucht sie sich wach zu halten, doch dann schlossen sich langsam ihre Augen. Mit letzter Kraft fixierte sie Frank.

Dieser war erlöst in der Welt der Träume angekommen. Ein leises Lächeln glitt über seine Lippen.